Atosh,
der Tiefsee-Schamane

Ein Tiefseelenmärchen
Marlise La'a Kea

marlise-laakea.ch
copyright© 2022:
Marlise La'a Kea

Buchbegleitung: Tanja A. Holzer, wortfeger.ch
Lektorat: Claudia Wuttke, createwriting.de
Coverbild: © Orla, 123RF
Herstellung und Verlag: BoD – Books on Demand,
Norderstedt

ISBN 978-3-756-83304-7
auch als E-Book erhältlich

Die Deutsche und Schweizer Nationalbibliotheken verzeichnen
diese Publikation in der Nationalbibliografie; detaillierte
bibliografische Daten sind im Internet über
www.dnb.de und www.nb.admin.ch abrufbar.

Marlise La'a Kea

Für alle, die lieben ...

Prolog

«Da fliegt ein Wal im Himmel!», ruft Laki mit erstaunter Stimme vom Hintersitz des Familienautos. Niemand reagiert. Ihre Schwester hat die Kopfhörer auf, ihr Bruder ist in seinem Buch versunken, ihre Eltern diskutieren. Aus dem Radio ertönt «Leise rieselt der Schnee», während draussen ein Schneesturm tobt. Nochmals ruft Laki, dieses Mal lauter. Keine Reaktion. Draussen auf der eisigen Strasse herrscht Chaos, mehrere Autos sind ineinander verkeilt. Dann knallt's von hinten. Laki schreit, spürt, wie sich etwas in ihre Rückseite bohrt und nimmt wahr, wie sich das Auto dreht und überschlägt. Sirenengeheul von verschiedenen Seiten erreichen ihre Ohren, dann wird's still und schwarz.

1
Atosh

Wolken, zum Pflücken nahe, hängen an einer unsichtbaren Schnur vom Himmelszelt herunter. Die reine, vom Salz geschwängerte Meeresluft wird von einem mächtigen Atemgeräusch durchbrochen. Es taucht auf und ab, dazwischen Stille. Die Wolken spiegeln sich auf der ruhigen See und eine Stimme ertönt:

«Gejagt, abgeschlachtet, ausgenommen, ausgebeutet – das haben wir erlebt. Das Volk der Hohonos hat uns fast ausgerottet. Und bis heute machen sie Jagd auf uns, auf eine andere Art.

Überfüllte Schiffe mit der Fracht «hoffnungsvolle Menschen» navigieren bei jedem Wetter durch die stürmische oder ruhige See. Viele dieser Menschen sterben einen qualvollen Tod. Sie ersticken in der Menge oder ertrinken im Meer. Auch sie werden ausgenommen und ausgebeutet, wie das die Hohonos mit uns von der Walnation gemacht haben. Wir Meereswesen lauschen den Geschichten, hören die Schreie und sind Zeugen des Todes. Wir nehmen die Ertrunkenen auf in die magische Tiefsee und trösten sie und ihre Angehörigen. Wir von der Walnation sehen und hören die Not. Wir vergeben dem Volk der Hohonos täglich für ihre Taten. Unsere Liebe ist so gross wie unsere Herzen und wir wissen, dass alle Menschen, ob gut oder böse, diese Liebe bald wahrnehmen können. Sie ist wie ein magisches Vibrieren in jeder Zelle. Bald ist es so weit. Das Volk der Akameis kennt es schon, das magische Vibrieren. Dieses Volk trägt es raus in die Welt, damit es für alle fühlbar wird.

Laki, höre mir zu. Ich weiss, dass du mich wahrnimmst. Du lauschst mit offenem Herzen unserem Lied aus der Tiefe. Du spürst die elektrische Ladung in deinen Zellen, das sanfte Sirren. Rein und ganz, im Herzen verbunden mit mir und allen Meereswesen der Walnation. Höre hin! Sei ganz leise! In der Stille offenbart sich das magische Lied aus der Tiefsee. Bist du bereit? Schwimmst du mit uns in den inneren Reichtum deiner Essenz?»

Laki atmet schwer und hört weit entfernt ein monotones Piepsen. Ihre rechte Hand fühlt sich warm an. Ihre ganze linke Seite ist taub, als wäre sie nicht vorhanden. Ihr Kopf dröhnt. Sie blinzelt und öffnet langsam ihre Augen. Da sitzt ihr Vater. Er hält ihre rechte Hand. «Wo bin ich?», stammelt sie.

«Im Spital», antwortet ihr Vater leise und bedrückt.

«Wo ist der Wal, der eben noch mit mir gesprochen hat?», fragt Laki mit zittriger Stimme.

Keine Antwort. Eine Tür öffnet sich und mehrere Männer in weissen Kitteln treten ein. Sie beginnen mit Lakis Vater zu reden. Laki versteht nichts. Um sie herum ist alles weiss, wie in einem Schneesturm. Ihre Augen fallen zu und der Wal taucht wieder auf.

«Hallo Laki, ich heisse Atosh und komme dich schon sehr lange besuchen. Das erste Mal schon, als du noch im Mutterleib warst. Du warst so winzig und hast gerne mit deinem Zwilling im Fruchtwasser schwimmend herumgespielt. Über die eigene Nabelschnur und über jene des anderen drüberhüpfen und dich einwickeln, das hast du gerne gemacht. Von Anfang an ein quirliges, bewegtes Wesen. Nach wenigen Wochen des gemeinsamen Spielens im Fruchtwasser hast du zum ersten Mal eine Trennung erlebt. Da war ich bei dir und habe dich getröstet. Dein Zwilling ist gestorben und hat die geistige Dimension als seine nächste Heimat gewählt. Die Nähe zu ihm hat dir gefehlt und die sanfte Vibration seiner Zellen konnte dich nicht mehr kitzeln. Du warst sehr traurig und ich habe dich weinen gesehen. Da bin ich zu dir gekommen. Ich habe dich aus der Tiefe der Meere angeschaut, bin mit dir geschwommen, habe für dich gesungen und habe dir meine Vibration geschenkt. Diese hast du sofort gespürt und hast mich angelächelt. Deine Trauer löste sich langsam auf und du konntest dich an die Zeit erinnern, als du zu unserer Familie – der Walnation – gehört hattest. Auch bei uns bist du ein sehr lebendiges und quirliges Wesen gewesen. Tiefgründig hast du dich immer wieder gefragt, was das wirklich Wichtige im Leben ist. Du warst so interessiert, dass wir uns entschlossen, dich im nächsten Leben als Menschenwesen auf die Erde zu schicken. Aus dem Ozean hast du alles gelernt, also war es Zeit, dieses Wissen mit den Menschen zu teilen. Eine neue Erfahrung nach vielen Jahren in den Tiefen der Ozeane. Ich wurde auserwählt, dich im Auge zu behalten. So bin ich als geistiges Wesen immer an deiner Seite. Ich schwimme mit dir, egal wo du bist. Als Embryo und als Baby hast du mich sehr gut wahrgenommen. Dann kam eine Zeit des Vergessens, in der ich für dich nicht mehr so klar spürbar war. Zu viele Menschen haben dir gesagt, dass du ein Träumerkind seist und dass es unsichtbare Begleiter nicht gebe. Das seien nur Phantasiefiguren. Du fandest das komisch, hast den grossen Menschen, den Erwachsenen, jedoch geglaubt und hast versucht, *normal* zu sein. Ich freue mich, dass du dich jetzt wieder an mich zu erinnern beginnst. Schön, dich zu sehen.»

2
Laki

Wie erkenne ich, was Realität ist?

Laki liegt in ihrem Spitalbett. Sobald sie die Augen öffnet, fühlt sie sich schwindlig und verwirrt. Viele fremde Menschen laufen herum und schauen sie mit einem besorgten Gesicht an. Was ist bloss los? Ihr Vater kommt sie besuchen und er erzählt ihr, dass sie einige Wochen hierbleiben müsse. Die Ärzte können noch nicht genau sagen, wie sich ihr Körper vom Unfall erholen werde.

«Was heisst das?», fragt Laki.

«Ich möchte raus an die frische Luft und in den Bäumen herumklettern. Hier ist es langweilig», fügt sie leicht empört hinzu und will ihr Bett verlassen. Da merkt sie, dass sich nur ihr rechtes Bein bewegt.

«Deine linke Körperseite ist gelähmt und du brauchst jetzt viel Geduld», antwortet ihr Vater.

«Was??? Ich bin gelähmt??? Kann ich nie wieder auf einen Baum klettern?», fragt sie weinend.

«Das wissen die Ärzte noch nicht. Darum bleibst du vorläufig hier. Dann können sie deine Fortschritte beobachten und dich weiter behandeln», sagt ihr Vater mit sanfter Stimme.

Laki vergiesst viele Tränen. Erst nach mehreren Stunden fallen ihr die Augen zu und sie träumt von früher:

Dieser Duft – mmh – angenehm, belebend, frisch. Ein sanftes Kitzeln in der Nase, das satte Grün der Blätter und das Weissrosa der Blüten erfreuen Lakis Augen. Sie sitzt wieder einmal auf ihrem Baum – oben in der Krone, eingehüllt in die Blätterblütenpracht. Das Rufen ihrer Mutter überhört sie und niemand sieht sie da oben. Herrlich frei fühlt sie sich; zwischen Blättern und Ästen. Sie beobachtet, wer unten auf dem Strässchen vorbeigeht, und studiert dabei die verschiedenen Laufbewegungen. Sie vergleicht die Gangart der «Menschenwesen» gerne mit jenen aus dem Tierreich. Herr Kamel läuft gemächlich kauend und sehr langsam am Baum vorbei und Frau Katze trippelt auf leisen Pfoten, wie wenn sie etwas gestohlen hätte und sich unbemerkt aus dem Staub machen möchte. Laki liebt dieses Beobachtungsspiel und sie liebt das Tierreich. Alle Tiere sind so rein, ehrlich und echt. Sie sind, was sie sind, und spielen einander nichts vor, so wie es die Menschen häufig machen. Laki beobachtet auch diese gerne und fragt sich innerlich, warum die Erwachsenen so handeln. Vorgeben, etwas anderes zu sein, als sie wirklich sind, oder prahlen mit ihrem Besitz, einer teuren Uhr, einem grossen Auto, einem Diamantring. Sie meinen wohl, dass sie damit wertvoller sind, erhabener und näher bei Gott sitzen dürfen. Für Laki ist dieses Verhalten komisch. Im Tierreich gibt's sowas nicht. Tiere sind einfach so, wie sie sind. Laki mag das. Sie fühlt sich allen Tieren sehr nahe und taucht gerne in ihre Welt ein. Manchmal imitiert sie Geräusche; wie ein Vogelgezwitscher, ein Katzenmiauen oder das Bellen eines Hundes. Sie beobachtet dabei, wie die Tiere und die Menschen auf sie reagieren. Sie freut sich, wenn ein Vogel auf ihr Pfeifen zu ihr hinschaut oder wenn ein Mensch in die Baumkrone sieht, weil er da ein Geräusch gehört hat. Sie geniesst ihre Unsichtbarkeit, oben in der Baumkrone zwischen den Blättern. Sichtbar ist sie nur für diejenigen, die genau schauen. Und für ihre Freunde aus ihrer reichen Phantasie-Welt. Der grosse goldene König, der sie in ihren Träumen besucht und ihren Schlaf beschützt und die winzig kleinen Menehunes, die bei fast all ihren Abenteuern dabei sind. Sie sind sehr gute Zuhörer und Laki erzählt ihnen viele ihrer Ideen. Sie hat ihre «unsichtbaren» Begleiter sehr gerne und spricht oft mit ihnen. Manchmal wird sie deswegen etwas komisch angeschaut, weil sie vor sich hinredet, obwohl für andere gar niemand Sichtbares da ist. Sie unterhält sich jedoch mit ihren Aweikus, wie sie ihre unsichtbaren Begleiter liebevoll nennt. Warum Laki sie so nennt, weiss sie nicht. Das Wort «Aweiku» ist einfach so bei ihr aufgetaucht. Erst viel später erfährt sie warum.

Die Aweikus begleiten Laki, dieses 7-jährige clevere Mädchen, das die Gabe der Hellsichtigkeit, der Hellhörigkeit und der Hellfühligkeit in sich trägt, schon lange. Die unsichtbaren Begleiter waren mit diesem Herzenswesen schon vor seiner Geburt unterwegs, weil sie intuitiv wussten, dass ihre Begleitung später auf dem Erdenplaneten wichtig ist. Laki ist in eine ganz normale Schweizer Familie geboren worden, die nichts für ihre feinsinnigen Fähigkeiten übrighat. Tradition, Anstand, Anpassung und Normalität – das sind die Werte, die in ihrer Familie wichtig sind. Alles andere gibt es nicht.

Auch die Umgebung, in der sie aufwächst, gefällt ihr nicht sonderlich. Rechteckige Blöcke, manche braun, manche grau und manche weiss. Ein Quartier voller Betonwohnklötze, die Laki mehr an Gefängnisse als an Wohnungen erinnern. Da ist ihr Geheimort oben in ihrem speziellen Baum eine Wohltat für ihre Sinne. Sie liebt den Duft des Holzes und der Blüten, wenn sie im Frühling spriessen. Sie fühlt sich frei in der Baumkrone und kann tief durchatmen und sich mit ihren unsichtbaren Freunden unterhalten. Sie sind immer für sie da und sie hat schon viel mit ihnen erlebt. Meistens bringen sie Laki zum Lachen, wenn sie ihre traurigen Erlebnisse erzählt. Wie zum Beispiel, als sie 6 Jahre alt war und in die Hosen machte, weil sie es gerade nicht mehr aufs Klo geschafft hatte. Damals hatte sie sich sehr geschämt und geweint. Die Menehunes haben ihr zugehört und ihr gesagt, dass sie immer draussen pinkeln. Das hat Laki sofort getröstet und brachte sie zum Lachen. Schon seit mehreren Jahren kommt der grosse goldene König bei ihr zu Besuch. Bevor sie schlafen geht, spricht sie mit ihm, erzählt von ihren Träumen, Ideen und auch von ihren Sorgen. Er hört ihr aufmerksam zu und schenkt ihr in der Nacht phantastische Bilder. Manchmal zeichnet Laki am Morgen als Erstes, was sie alles gesehen hat in ihren Nachtträumen.

Die Tage im Spital sind für Laki öde und langweilig. Das einzig Positive, sie muss nicht zur Schule. Die endlos erscheinenden Schulstunden im grauen Schulhaus vermisst sie gar nicht. Nick jedoch schon. Er ist ihr Sandkastenfreund, der in der gleichen Klasse ist wie sie. Gemeinsam gehen sie durch dick und dünn. Er ist kleiner als sie und hat rote, struppige Haare, die jeden Tag in eine andere Himmelsrichtung zeigen. Seine Sommersprossen auf der Nase und den Wangen machen ihn zum interessantesten Knaben in der Klasse. Laki ist froh, einen so wunderbaren Schulfreund zu haben. Ohne ihn wäre alles viel öder. In der Pause rennen sie gemeinsam über den Schulhof und klettern die Bäume hoch. Sie hangeln sich von Ast zu Ast und manchmal auch von Baum zu Baum. Sie haben ihre eigene «Geheimsprache» kreiert, in der sie mit verschiedenen Pfeiftönen und -melodien kommunizieren. Das Spiel in den Bäumen ist für beide der reinste Genuss und sie pfeifen sich ihre Melodien durch die Äste hindurch zu. Häufig vergessen sie, wieder in die Schule zurückzugehen, und die Lehrer kommen, um sie zu suchen.

Nick ist der einzige Mensch, der von Lakis Aweikus weiss. Ihm kann sie all ihre Geschichten erzählen. Er hört ihr aufmerksam zu und erzählt ihr auch seine «Geheimnisse».

3
Besuch

«Glück ist eine stille Stunde,
Glück ist auch ein gutes Buch,
Glück ist Spass in froher Runde,
Glück ist freundlicher Besuch.»

Clemens Brentano

Was bedeutet Glück für dich?

«Nick, so schön, dich zu sehen! Wie hast du mich gefunden?»

«Die Lehrerin hat uns von deinem Unfall erzählt und dass du einige Zeit nicht in die Schule kommst. Ich habe meinen Eltern gesagt, dass ich dich besuchen möchte und da meine Grossmutter grad im Spital ist, kann ich doch auch gut bei dir vorbeischauen.»

Verschmitzt pfeift Laki eine ihrer geheimen Melodien. «Weisst du noch, was wir da gemacht haben?»

Nick pfeift zurück. «Klar, das war unsere Tarzan Nummer. Einen starken Ast packen und von einem Baum zum anderen fliegen.» Er lacht und ist froh, dass Laki so gut gelaunt ist. Er hatte etwas Angst, seine beste Schulfreundin im Spital zu besuchen. Er schaut sie an und fragt etwas schüchtern:» Wann kommst du wieder nach Hause?»

«Ich hoffe, ich kann schon bald wieder mit dir in den

Bäumen rumklettern. Mein Vater hat gesagt, ich brauche Geduld, bis ich meine linke Körperseite wieder bewegen kann. Jeden Tag muss ich verschiedene Therapien machen. Manchmal tolle Sachen, häufig aber komisches Zeugs. Der Spitalclown ist der lustigste Kerl, der bringt mich auch in den traurigsten Momenten wieder zum Lachen.»

«Cool, ein Spitalclown!», antwortet Nick und macht dabei eine Grimasse.

Laki pfeift eine neue Melodie dazu und sagt schmunzelnd: «Das ist jetzt unsere Grimassen Pfeifmelodie!»

«Ja, ich freue mich, wenn du wieder nach Hause kommst. Dann erfinden wir weitere geheime Melodien!», antwortet Nick.

Wochen vergehen und Laki macht langsam Fortschritte. Die Therapien bringen ihr zuerst das Gefühl auf der linken Seite zurück und nach einem weiteren Monat kann sie zum ersten Mal wieder selber laufen. In den Osterferien darf sie endlich wieder nach Hause. Sie freut sich, obwohl ihr auch etwas schwer ums Herz ist. Wie werden ihre Eltern auf sie reagieren? Was macht ihr Bruder? War er auch verletzt nach dem Unfall? Und die Schwester? Ist sie immer noch so rebellisch?

Die Zeit im Spital war frei von all den Familienthemen, die zu Hause manchmal schwer auf ihr lasteten. Unausgesprochene Probleme nimmt Laki als dicke Luft in der Wohnung wahr. Sie kann dann fast nicht mehr atmen oder muss dauernd husten. Verdrängte Emotionen sieht sie als grauschwarze Wolken. Und Streit oder Meinungsverschiedenheiten nimmt sie als tosenden Lärm in ihrem Kopf wahr. Mit ihrer Feinfühligkeit hat es Laki nicht immer leicht. Sie fühlt sich sehr schnell für alles, was um sie herum geschieht, verantwortlich oder gar schuldig. Wenn sie ihre Wahrnehmungen oder Gefühle äussert, wird sie entweder als «Sensibelchen» abgestempelt oder einfach ignoriert. Darum spricht sie lieber mit Nick oder ihren Aweikus. Die hören ihr zu und verstehen sie.

4
Augenblicke

Sind Phantasien real?
Gehören Erinnerungen zur Wirklichkeit?

«Laki, Zeit zum Aufstehen!», ruft es aus dem Wohnzimmer. Laki hört die Stimme, und sie mischt sich in ihre Träume. Aufstehen? Aus dem Gummiboot, in dem sie sich gerade über den Pazifik bewegt? Nein, das will und kann sie nicht. Die Wellen sind doch viel zu hoch! Sie fühlt sich sicherer, wenn sie auf dem Boden des Gummiboots liegt. Laki hält sich an zwei Griffen fest, damit die grossen Wellen sie nicht aus dem Boot spülen. Sie geniesst das Salzwasser, das ihr Gesicht vollspritzt. Ihr roter, wasserdichter Segelanzug und ihre roten Gummistiefel halten sie trocken, fast am ganzen Körper, nur die Hände und das Gesicht werden nass. Laki lässt sich hin- und herwiegen von ihren geliebten Wellen.

Angst vor diesem grossen Sturm? Nein, Angst ist ihr fremd. Weshalb sollte sie Angst haben?

Die Menehunes sind bei ihr: Mehrere von ihnen hüpfen munter auf dem Rand des Gummiboots herum und freuen sich über jede Welle, die sie reiten können. Sie lachen, rutschen und balgen miteinander. Manchmal toben sie auch auf Laki herum. Sie liebt diese kleinen Füsse.

Der Himmel ist mit schwarzgrauen Wolken bedeckt, doch sie bereiten Laki keine Sorgen. Sie hat schon viel

Schlimmeres erlebt und dank ihren Aweikus überlebt. Sie fühlt sich auch dieses Mal beschützt.

«Frühstück, Laki, du musst zur Schule!», ruft es wieder aus dem Wohnzimmer. Unmöglich! Im grössten Sturm denkt man doch nicht ans Essen. Laki sieht, wie ihr die fliegenden Fische um den Kopf sausen, aber essen will sie keinen davon. Einige der Meerestiere bleiben im Gummiboot liegen, neben Laki, aber weder sie noch die Menehunes denken ans Essen. Sie geniessen einfach den wilden Sturm, das bewegte Wasser. Zwischendurch ein fröhliches Kreischen und Juchzen, dann atmet Laki wieder tief durch und hält sich fest.

Doch plötzlich rüttelt etwas Mächtiges an ihrem roten Gummiboot, sodass es fast umkippt. «Wow, was ist das?», fragt sich Laki, fasziniert von diesem Rütteln. Sie hört ein Geräusch, das ihr Gänsehaut macht. Es ist ein Schnauben oder ein tiefes Atemgeräusch, begleitet von einer grossen Dampfwolke und einem beissenden Geruch, als hätte jemand einen würzig-deftigen Furz fliegen lassen. Mutig stemmt sich Laki vom Boden des Gummiboots hoch, um über dessen Rand in die Wellen zu schauen.

«Wer oder was ist das?», fragt sie sich. Ist es der grosse, goldene König? Nein, das kann nicht sein, er hat immer einen roten Mantel an. Ein Hai oder ein anderes grosses Meerestier? Sie hält sich an den Griffen des Bootes fest und schaut noch einmal in die Wellen. Über den Rand des Bootes hinweg späht sie ins Wasser. Und da sieht sie es: ein riesiges Auge schaut sie an. Dieser Blick lässt sie für eine gefühlte Ewigkeit erstarren. Stille. Die

Erde scheint sich nicht mehr zu drehen. Es gibt nur noch diesen Augen-Blick. Laki versinkt in der Schönheit dieses Moments. Ihr Körper kribbelt und vibriert und sie hört eine Melodie aus der Tiefe des Meeres.

«Aufwachen, Laki, nun komm endlich. Dein Frühstück steht bereit», sagt ihre Mutter, die neben ihr am Bett steht. Lakis Augen öffnen sich und sie erschrickt. Wo ist sie? Was ist passiert? Wo sind ihre Freunde, die Menehunes? Wo das Auge, das sie eben noch angeschaut hat? Die Melodie, die sie grad noch gehört hat? Ihre Mutter beruhigt sie und sagt ihr, dass sie vielleicht einen Traum gehabt habe. Laki bezweifelt das. Sie ist grad noch im Gummiboot gewesen. Wo sind ihre roten Gummistiefel? Wo der rote Segelanzug? Eben war alles noch da und – schwupps – alles weg!

Langsam steht Laki auf und schlurft ins Bad. Dort schaut sie in den Spiegel und sieht ihr blasses Gesicht und den fragenden Blick. Sie ist immer noch unsicher, wo sie ist. In einer anderen Traumwelt? Wo sind nur ihre Freunde geblieben? Hat der Sturm, haben die wogenden Wellen sie fortgerissen? Und da war doch so ein grosses Auge, das sie angeschaut hat? Verwirrt läuft sie in die Küche und setzt sich an den Frühstückstisch. Sie ist leicht besorgt und schlürft etwas warmen Kakao.

Später in der Schule wird sie mehrere Male ertappt. Ihr Körper sitzt zwar auf dem Stuhl im Schulzimmer, sie reagiert jedoch beim Aufrufen ihres Namens nicht. Die Lehrerin geht zu ihr, berührt sie an der Schulter und fragt, ob alles in Ordnung sei. Laki guckt verwundert und sieht ihre Lehrerin wie durch eine Scheibe hindurch an. Fragend denkt sie:

Ist sie echt? Ist sie da? Wo bin ich nur gelandet?

Endlich Pause! Laki zwinkert Nick zu und geht so schnell sie kann zu ihrem Lieblingsbaum, klettert hoch in die Äste und geniesst den Duft der Blätter und des hölzernen Stammes. Heute war sie langsamer als Nick. Ihre Beine waren noch etwas unkoordiniert. Sie freut sich jedoch sehr, dass sie wieder auf ihren Lieblingsbaum klettern kann, nachdem sie so lange im Krankenhaus gelegen hatte. Nick hat sich auf dem Baum gegenüber auf den grössten Ast gesetzt. «Hey, Nick, hörst du mich?», ruft sie rüber. «Ich will dir etwas Spannendes erzählen!»

Nick pfeift zurück. Laki versteht den Pfiff. Ihr Geheimzeichen für «Nein».

«Dann erzähle ich dir später davon», ruft sie lauter und gibt ihm ein optisches OK-Zeichen.

Oben im Baum kann sich Laki sammeln und ihre Brust wird weit und warm. Sie liebt dieses Gefühl. Sie fühlt sich verstanden, ohne Worte. So als ob der Baum mit seiner Ausstrahlung zu ihr reden würde. Sie legt ihre kleinen Hände an den Baumstamm. Sie fühlen das Vibrieren des Baumes. Ihre Ohren lauschen dem Wind in den Blättern. Sie erzählen ihre Geschichten und heute singen sie ihr ein Lied. Sie kennt diese Melodie aus einem ihrer Träume. Die Blätter singen:

«Licht und Schatten, beidem lächelnd begegnen, Sonnenstrahldesign in den Blättern.»

Laki liebt die Melodie, die der Wind macht, wenn er durch die Blätter weht. Sie schliesst ihre Augen, geniesst die Naturgeräusche und taucht in ihre magische

Phantasiewelt ein. Sie sieht das grosse Auge wieder. Es schaut Laki an und blinzelt ihr zu.

«Hey, ich bin für dich da.» Laki ist seltsam berührt und freut sich zugleich. Das Auge ist total faszinierend. Sie sieht klare, sternförmige Strukturen und leuchtende Linien bewegen sich darin. Fasziniert folgt Laki diesen Bewegungen. Dabei wird ihr etwas schwindlig. Laki versinkt in diesem für sie magisch erscheinenden Auge. Sie atmet ein und nimmt diesen «Augenblick» in die Tiefe ihres Herzens auf.

Ein Pfeifgeräusch erreicht Lakis Ohren. Sie kennt es. Es ist eines ihrer Geheimzeichen von Nick. Sie öffnet ihre Augen und realisiert, dass sie oben auf dem Baum sitzt.

«Hey Nick, die Tarzannummer musst du heute alleine machen. Das machen meine Beine noch nicht mit.» Sie pfeift eine andere Melodie zurück und Nick antwortet ihr mit einer Grimasse.

«Ding, dong, dong, dong», die Pausenglocke läutet und fast alle Kinder sind schon ins Schulgebäude gerannt. Nur Laki und Nick sitzen noch in der Baumkrone.

«Suuusuuusaaa», pfeift Nick.

«Was heisst das? Eine neue Melodie?», ruft Laki laut. Auf dem Schulhausplatz ist es ruhiger geworden und Nick antwortet ihr:

«Ja, lass uns ins Schulhaus gehen.»

«Oh wie langweilig, ich wollte dir gerade von einem meiner Träume erzählen. Dann halt ein anderes Mal!»

Nick klettert schnell runter und Laki will es ihm nachmachen. Sie bemerkt jedoch, dass sie sich leicht benommen fühlt und nur langsam nach unten kann. Nick neckt sie und pfeift vergnüglich eine andere Melodie.

«Wieder ein neues Geheimzeichen? Was heisst es?», fragt Laki als sie es geschafft hatte, vom Baum runterzukommen.

«Verrate ich dir noch nicht», antwortet Nick verschmitzt.

«Ja, ja, mach mich nur neugierig. Ich will es gar nicht wissen», antwortet Laki leicht genervt. Nick schaut sie an und will sie weiter necken, kommt jedoch nicht dazu, weil er in ein blasses Gesicht mit schwarzen Schatten unter den Augen blickt.

Besorgt fragt er: «Hey, was ist denn los mit dir? Ist alles ok?»

Laki nimmt seine Worte verschwommen wahr und merkt, wie ihre Beine schwächer werden und sie sich schwindlig fühlt. Sie antwortet nicht und läuft noch einige Schritte bis zum Schulgebäude. Beim Eingang klappt sie zusammen und bleibt bewusstlos liegen.

5
Düstere Begegnungen – der Schatten

«Düfte sind wie Seelen der Blumen;
man kann sie fühlen,
selbst im Reich der Schatten.»

Joseph Joubert

Wie erkenne ich den Schatten
und wie das Licht?

Nick erschrickt, als Laki vor seinen Augen zusammenbricht. Er rennt hoch in den ersten Stock zum Schulzimmer und erzählt der Lehrerin, was passiert ist. Schnell alarmiert sie den Notarzt und die Eltern von Laki. Sie nimmt eine warme Decke und eilt zu ihr. Es haben sich schon viele Kinder um sie herum aufgestellt und sie schauen alle schockiert auf das bewusstlose Mädchen. Was ist nur los? Zuerst beruhigt die Lehrerin alle Kinder und schickt sie in ihre Schulzimmer. Die Töne des Ambulanzautos sind schon hörbar. Schnell kommen die Notfallsanitäter ins Gebäude und legen Laki auf eine Liege mit Rollen. Sie fahren sie zum Notarztwagen und verlassen das Gelände in Richtung Spital. Der Schock sitzt tief, an normalen Unterricht ist nicht zu denken. Stille und Betroffenheit breiten sich aus und schweben wie eine dunkle Wolke über dem Schulzimmer. Die Lehrerin ist überfordert. Sie legt eine CD mit beruhigender

Musik ein und lässt alle Kinder malen. Nick beginnt sofort, den schwarzen Schatten, den er in Lakis Gesicht gesehen hat, zu malen. Es fühlt sich düster an für ihn und er ist besorgt darüber, was mit seiner besten Freundin los ist.

Laki ist mit der Ambulanz im Spital angekommen, immer noch bewusstlos. In Lakis Innenwelt spielt sich jedoch eine ganz andere Geschichte ab:

«Wo bin ich? Wer bist du?» Eine monsterähnliche Figur schaut sie an. «Hau ab, du machst mir Angst!», schreit Laki. Sie sieht weitere düstere Fratzen, die sie anschauen und auslachen. Die Landschaft ist grau und schwarz und es gibt keine Pflanzen, nur viereckige Häuser, die alle genau gleich aussehen und aus denen ein schwarzer, stinkender Rauch emporsteigt. Ein Haus hat eine andere Farbe, es ist golden und die Buchstaben H-O-H-O-N-O-S sind in leuchtend roter Farbe am Haus verteilt. Krachende Geräusche und ohrenbetäubender Lärm erreichen ihre Ohren. Sie zuckt zusammen und spürt einen inneren Schmerz in ihrem Kopf und in ihrem Herzen. Sie möchte fliehen – zurück auf ihren Baum, wo sie gerade noch war – doch sie ist bewegungslos auf einer Liege. Sie muss diesen Lärm und die schreckliche Landschaft mit ihren Bewohnern einfach aushalten. Sie kämpft, schlägt die schrecklichen Monster in die Flucht, schreit sie an und wehrt sich mit allen Kräften, die sie innerlich noch hat. Doch dann geschieht etwas Unerwartetes. Eine goldene Gestalt kommt auf sie zu und sie freut sich schon. Ihr grosser, goldener König kommt sie besuchen und sie kann ihm alles erzählen. Sie schöpft Hoffnung. Etwas ist jedoch anders an dieser goldenen Gestalt. Sie hat rote Buchstaben auf ihrem Gewand – die jenen auf dem goldenen Haus gleichen. H-O-H-O-N-O-S. Was das wohl ist, fragt sie sich. Die Gestalt steht nun vor ihr. Laki kann nicht sagen, ob es ein Mann oder eine Frau ist. Ein unangenehmer Duft liegt in der Luft. Sie hat ein komisches Gefühl und fragt: «Wer bist du? Was machst du hier? Wo bin ich?» Die goldene Gestalt beginnt zu leuchten und antwortet:

«Ich heisse Kapumanu und bin der Bewohner des goldenen Hauses. Willst du mit mir kommen? Ich zeige es dir. Es ist wunderschön und im Innenhof steht unser grosser, kräftiger Baum, der wohlriechende Blüten trägt und unsere Augen erfreut. Die Kinder klettern gerne in den Ästen. Du gehörst sicher auch zu denen, oder? Komm mit.»

Einen Moment leuchten Lakis Augen auf. Genau das hat sie sich gewünscht. Weg von diesen schrecklichen Monstern und der grauen Landschaft. Zurück auf ihren Baum. Und jetzt macht ihr Kapumanu diesen Vorschlag. Etwas in ihr sträubt sich jedoch gegen diese Gestalt. Eine Katze würde ihre Haare aufstellen und einen Buckel machen. Obwohl ihr das goldene Licht gefällt, will sie diesem Kapumanu nicht zu nahekommen. Er hat etwas Unheimliches an sich, vor allem in seinem Gesicht, und er stinkt. Oberhalb seines linken Auges hat er eine kleine Narbe, die aussieht wie ein Blitz im Nachthimmel. Laki erinnert sich an das magische Auge, das sie kürzlich gesehen hat. Das war ganz anders, voller Liebe und Freundlichkeit. Während sie sich daran erinnert, spürt sie ein Kribbeln in ihren Beinen. Sie freut sich. Vielleicht ist dies ein Zeichen dafür, dass sie sich wieder bewegen kann und bald weg aus dieser grauen, traurigen Landschaft kommt.

Inzwischen haben die Ärzte im Spital verschiedene Untersuchungen gemacht und sind auf keine weiteren Resultate gekommen. Sie können sich die Bewusstlosigkeit und den unsteten Herzrhythmus von Laki noch nicht erklären. Die Ärzte erinnern sich an das Mädchen, das nach einem Autounfall mehrere Monate im Spital bei ihnen war. Einer läuft auf die ratlos dastehenden Eltern zu und informiert sie sachlich: «Wir behalten ihre Tochter zur Beobachtung und Stabilisierung hier. Das ist alles, was wir im Moment tun können.»

«Dürfen wir auch hierbleiben?», fragt ihr Vater.

«Selbstverständlich – und falls Ihnen etwas einfällt, dass Ihrer Tochter guttun könnte, lassen Sie es uns wissen», antwortet einer der Ärzte verständnisvoll.

Sie setzen sich neben Lakis Bett auf die bereitgestellten Stühle hin und schauen sich an. Beiden kommt keine Idee, was ihrer jüngsten Tochter guttun würde. Sie bemerken erst jetzt, wie oft sie Laki gar nicht richtig wahrnehmen. Erst seit den Spitalaufenthalten, so scheint es, lernen sie ihre Tochter besser kennen.

«Vielleicht hat Nick, ihr Schulfreund, eine Idee. Was meinst du?», fragt ihre Mutter.

«Ja, das ist eine gute Idee. Rufst du die Familie an und ich bleibe hier?»

Für dieses Mal sind sie sich einig.

Laki ist währenddessen immer noch in ihrem schrecklichen Traum gefangen. Kapumanu greift nach ihrer rechten Hand und will sie mit sich fortreissen, zum goldenen Haus.

«Nein, lass mich los. Ich will nicht mit dir ins goldene Haus kommen», schreit Laki. Ihre rechte Hand zuckt dabei. Kapumanu holt seine monsterähnlichen Helfer, um dieses widerspenstige Mädchen zu bändigen. Sie wird von mehreren dunklen Gestalten umzingelt. Sie scheint diesen Kampf zu verlieren. Doch dann passiert etwas völlig Unerwartetes. Ein Duft breitet sich aus und ein mächtiges Geräusch ertönt. Laki zuckt zusammen und die dunklen Gestalten erstarren.

Lakis Mutter hat die Familie erreicht und sie haben sofort zugesagt, mit Nick ins Spital zu kommen. Er hat ihnen schon erzählt, dass er Laki etwas bringen möchte. Etwas, das er heute auf dem Pausenplatz von ihrem Lieblingsbaum mitgenommen hat. Ein Stück Rinde.

Nick ist kaum zu halten. Er will so schnell wie möglich zu Laki. Er hat eine Idee, wie er sie erreichen könnte.

Er darf sich an ihr Bett setzen. Zuerst nimmt er die Baumrinde hervor und wedelt damit langsam von links nach rechts unter ihrer Nase. Lakis Nasenflügel bewegen sich sanft vibrierend. Danach legt Nick eine Hand auf ihren linken Arm und beginnt, eine ihrer Geheimmelodien zu pfeifen. Sie reagiert leicht und atmet geräuschvoll aus.

Laki wittert ihre Chance. Sie schleicht sich am Boden kriechend an den erstarrten dunklen Gestalten vorbei. Sie lässt sich dabei vom mächtigen Geräusch und dem Duft leiten. Niemand bemerkt, wie sie sich wegschleicht. Nach gefühlten Stunden erreicht Laki einen Baum mit riesigen Wurzeln. Sie kriecht zwischen zwei grosse

Wurzelstränge hinein und fühlt sich endlich wieder geborgen und sicher. Von dort beobachtet sie, was Kapumanu und die anderen treiben. Wütend schreien sie sich an, weil ihnen das kleine Mädchen entwischt ist.

«Gut so, nur wie komme ich ganz raus aus dieser schrecklichen Landschaft?», fragt sich Laki. Genau in dem Moment spürt sie, wie sich eine der Wurzeln um sie schlingt und sie in ein tiefes, dunkles Loch hineinzieht. Dort wird das Geräusch noch lauter, der Duft intensiver und ein wunderschönes Auge schaut sie an. «Wo bin ich», ruft Laki und schaut tief in dieses Auge.

«Bei mir, ich tauche mit dir ein in die Tiefe. Ich zeige dir, wo die Hohonos ihren Ursprung haben. Damit du verstehst, warum sie so handeln. Und ich zeige dir die Welt der Akameis.»

«Wer bist du?», will Laki wissen und nimmt etwas Warmes, Zartes wahr, das ihre Seele erreicht.

«Atosh, wir haben uns kennengelernt, als du das erste Mal im Spital warst. Ich habe dich besucht. Weisst du noch?»

Nick sitzt den ganzen Abend an Lakis Bett und pfeift immer wieder die gleiche Melodie. Er beobachtet, wie sie atmet und manchmal hört er beim Ausatmen ein sanftes Pfeifen aus ihrem Mund. Mit der Baumrinde wedelt er ab und zu unter ihrer Nase. Bei jeder kleinen Bewegung hofft er, dass Laki bald aufwacht.

6
Das grosse Leiden –
doch niemand geht verloren

«Wo viel Gefühl ist, ist auch viel Leid.»

Leonardo da Vinci

Ist ein Leben ohne Leiden realistisch?

Geschützt in Atoshs Flosse lässt sich Laki in das tiefe, dunkle Loch fallen. Sie ist erstaunt, dass sie keine Angst mehr hat. Gemeinsam tauchen sie ein, in die Tiefe, und sie erreichen die Ozeane. Laki nimmt das Kribbeln des Wasserstroms auf ihrer Haut wahr und ihre Atembewegungen gehen auf wundersame Weise ganz entspannt weiter. Sie staunt und lauscht allen Geräuschen, die sie auf diesem Tauchgang wahrnimmt. Als Erstes spürt sie Atoshs rhythmischen Herzschlag. Ihr ganzer Körper geht in Resonanz mit diesem Rhythmus – sie beginnt zu vibrieren und in ihr breitet sich ein unbeschreibliches Glücksgefühl aus. Atosh hält sie ganz nah bei sich, fast wie eines seiner Walbabys. Er weiss, dass sie diese Vibration jetzt als Stärkung braucht, bevor er ihr erzählt, was es auch noch gibt. Das grosse Leiden, die grosse Zerstörung, das Volk der Hohonos.

Laki geniesst die Nähe zu Atoshs Herz – ein Herz so gross wie ein kleines Auto. Alle ihre Zellen nähren sich von dieser riesigen Blauwalliebe, die rhythmisch durch ihren Körper fliesst. Sie könnte ewig so bleiben.

Doch dann – ein ratterndes Geräusch, so laut wie ein Flugzeug, das neben ihr startet. Laki erschrickt und rutscht auf Atoshs Unterseite, wo sie sich an seinem Bauch festhält. Was ist das? Es rattert und knallt so laut, dass Lakis Kopf fast zerplatzt. Schreiend fragt sie Atosh: «Was ist das? Woher kommt das?» Atosh hält sie mit seiner rechten Brustflosse fest an seinem Bauch und schwimmt weg von diesem lauten Geräusch. Als es etwas erträglicher und leiser wird, antwortet er: «Das ist einer der Versuche, die die Hohonos unter Wasser machen. Sie testen eine Art Rakete, die sie in ihren Kriegen und Kämpfen einsetzen wollen. Wir sind diesem Krach ausgesetzt und es stört unser Gehör und unseren Orientierungssinn. Wenn wir zu nah sind, platzen unsere Hörorgane. Wir bluten aus den Ohren und sterben. Je nachdem, wo das passiert, werden wir an die Strände gespült oder wir sinken auf den Meeresgrund. Dort nähren unsere Körper die Kleinstlebewesen und unsere Seelen steigen auf, in die nächste Dimension. Der Tod ist jedoch mit grossem Leiden verbunden, da wir mehrere Stunden mit diesem Krach beschallt werden. Wir verlieren unseren Orientierungssinn und unsere Zellen werden zerstört. Auch andere Meerestiere sterben. Es ist eine tödliche Frequenz, die diese Explosionen der Hohonos aussenden. Es ist grausam.»

Laki hört weinend zu. Sie spürt eine riesige Trauer. Ihre Tränen vermischen sich mit dem salzigen Meerwasser. Sie fliessen raus in die Weite der Ozeane. Diese krachenden, ohrenbetäubenden Geräusche erinnern sie an etwas, das sie nicht einordnen kann. In ihrem Kopf und in ihrem Herzen spürt sie einen stechenden Schmerz.

Sie fragt sich, ob das einfach zu ihrer tiefen Trauer dazugehört. «Atosh, wie würdest du Trauer erklären? Macht das Kopf- und Herzweh?»

«Laki, du bist ein mitfühlendes, reines Herzenswesen. Darum fühlst du unsere Trauer. Wir, in der Tiefe der Ozeane, nehmen die Traurigkeit als Vibration wahr. Sie kommt zu uns in Wellen und manchmal treibt ein toter Körper eines Menschen oder eines anderen Tieres zu uns. Wir wissen, dass Trauer sein darf, wie jedes andere Gefühl auch. Alles ist Vibration. Die Freude vibriert schneller und lässt uns deshalb eher herumhüpfen oder lachen. Die Trauer vibriert langsamer und sie macht uns eher träge und wir bewegen uns gebückt. Das Einzige, das sich schnell und in Massen bewegt, sind die Tränen, die aus uns rauskullern. Diese trösten und reinigen uns gleichzeitig und schaffen Platz für etwas Neues. Deine Tränen sind also ganz wichtig. Lass sie fliessen.» Atoshs Worte trösten Laki. Sie weint immer noch, ist jedoch schon etwas ruhiger geworden. Sie erinnert sich an andere Momente des Weinens. Häufig hat sie sich dann versteckt, weil sie dachte, dies sei ein Zeichen der Schwäche. Zum ersten Mal kann sie ihre Tränen wirklich annehmen und sogar etwas Positives darin sehen. «Bei allem Traurigen und Leidvollen, das zu Land und im Wasser geschieht, ist es normal, dass uns die Vibration der Trauer besuchen kommt», fährt Atosh fort. «Die Frage ist, wie lange und wie tief sie in dir wirkt. Wir von der Walnation nehmen sie wahr, vergiessen mitfühlende Herzenstränen und lassen sie mit unseren Bewegungen im Wasser durch uns ziehen. Mit einem sanften Schwanzflossenschlag verabschieden wir uns von der Vibration, egal welche, ob angenehm oder unangenehm.

Wenn die Vibration der Trauer durch unser Herz fliesst, hören wir eine Melodie. Meistens ist es eine Todesmelodie eines Verstorbenen, die wir hören, und wir beginnen dazu zu singen. Weisst du, Laki, wir haben ganz viele Gesänge. Solche, die uns reinigen, andere, die uns in die Liebesvibration bringen, oder wieder andere, die unsere Nahrung proteinreicher machen. Und es gibt für jedes Lebewesen, das den Planeten Erde besuchen kommt, eine Lebens- und eine Todesmelodie. Alles singt in diesem Universum. Sogar die Sterne. Das Volk der Akameis weiss das noch. Sie sind mit der Natur und allem um sie herum verbunden und lauschen genau. Sie hören die Gesänge in allen Elementen, dem Wind, dem Wasser, dem Boden, dem Feuer, den Steinen, den Bäumen, den Pflanzen und in allen Lebewesen. Eine ihrer Traditionen ist es, alles mit einer Melodie zu begrüssen und alles mit einer Melodie zu verabschieden. Die Lebensmelodie ertönt bei der Geburt und die Todesmelodie beim Tod. Das grosse Werden und Vergehen ehren und respektieren – das erhält das Gleichgewicht im Kreislauf des Universums aufrecht. Ein uraltes Wissen, das in Vergessenheit geraten ist. Alles hat einen Beginn, eine Mitte und ein Ende. Eine Welle bewegt sich auch so. Der Wind streichelt die Wasseroberfläche und so entstehen kleine Wellen, die mit zunehmendem Wind grösser werden. An ihrem Höhepunkt fallen sie in sich zusammen und lösen sich in der Brandung auf. Geburt – Leben – Tod. Für uns bedeutet Tod vielleicht etwas anderes als für viele Menschen. Wir von der Walnation haben ein spezielles Wort für Tod. Maakee – übersetzt in eure Sprache würde es so viel wie 'Leben in eine andere Richtung' heissen. Unsere Geburt bezeichnen wir auch als das Auftauchen, das

Leben ist für uns der Atem und der Tod das letzte Abtauchen. Wenn wir sterben, tauchen wir ab auf den Meeresgrund, nähren diesen und unsere Seele steigt strahlend auf in die nächste Dimension; oder eben in ein 'Leben in eine andere Richtung'.»

Die letzten Worte hallen in Laki nach. Sie ist sich nicht sicher, ob sie wirklich versteht, was sie gerade gehört hat. Sie erinnert sich an eine traurige Szene in der Schule:

Das grelle Neonlicht flackert und Lakis Augen sind müde davon. Sie guckt in die Weite und hört den Melodien der Natur zu, die durch das eine offene Fenster ihre Ohren erreichen. Das Rauschen der Blätter, singende Vögel, bellende Hunde. Im Musikzimmer, wo sie sich wie eingesperrt fühlt, spielt die Lehrerin ein Lied auf dem Klavier. Alle singen, nur Laki nicht. Sie lauscht. «Laki, komm sing mit uns», fordert die Lehrerin sie auf.

Sie beginnt jedoch zu weinen und sagt: «Ich kann nicht singen, ich hab's versucht und mir wurde gesagt, dass ich falsch singe. Darum höre ich nur zu.» Die Lehrerin schaut in ihre tieftraurigen Augen und tröstet sie. Ihre Worte kommen jedoch nicht bei ihr an. Sie rennt aus dem Zimmer und flüchtet auf ihren Baum auf dem Pausenplatz.

Atosh nimmt ihre Gedanken wahr und legt seine beiden riesigen Brustflossen um die weinende Laki. «Warum weinst du? Was macht dich traurig?», fragt er sie.

«Ich erinnere mich an all das Schöne, das du mir zum Singen und zu den Melodien erzählt hast. Alles singt, das ganze Universum. Und ich kann nicht singen. Ich treffe die Töne nicht und liege mit meiner Melodie daneben. Und ich würde doch so gerne mitsingen», antwortet sie schluchzend.

Atoshs grosses Herz schlägt ruhig und liebevoll. Er lässt seine ganze Liebe in die kleine Laki einfliessen und fängt ihre Tränen mit seiner Schwanzflosse auf. Dort verwandelt er sie mit einer Bewegung zu kleinen, schillernden Perlen. Diese lässt er an seinem riesigen Körper zurückrollen, bis sie an Lakis Beinen ankommen und sie sanft anstupsen. Laki wird ruhiger, schaut in Atoshs Auge und sieht darin die kleinen Perlen. Er zwinkert ihr zu und zeigt ihr, wo sie diese findet.

«Jede Wunde oder Verletzung birgt ein Geschenk in sich. Deine Tränen haben sich zu Perlen verwandelt, weil du zu deiner Verletzung gestanden bist. Du hast deinen Schmerz echt ausgedrückt. Damit machst du eine Schwäche zu einer Stärke. Im Annehmen steckt eine grosse Kraft; ob es etwas Angenehmes oder Unangenehmes ist, spielt keine Rolle. Die Akameis wissen um diese Kraft, die Hohonos belächeln diese und werten sie ab, weil sie noch mehr Leiden verbreiten wollen. Wenn du zu deinen Schwächen und Verletzungen Ja sagst, dann haben die Hohonos keine Macht in deinem Leben. Sie können dich nicht verführen, weil du bereit bist, durch deinen Schmerz hindurchzugehen. Dies stärkt dich und du kannst mit dieser Kraft über dich hinauswachsen.»

Die Worte von Atosh sind wie Balsam für Laki und ihre Wangen röten sich leicht vor Freude. Ja, sie liebt es, über sich hinauszuwachsen und beginnt mutig, ein Lied zu singen, das sie in einem Nachttraum mal gehört hat.

**«Dancing, touching softly, with grace,
the space of your divinity.»**

Die Worte des Liedes versteht sie nicht. Sie hat sie einfach so gesungen, wie sie sie im Traum von ihrem Aweiku, dem grossen goldenen König, gehört hat. Atosh lauscht ihrem Lied. Er ist berührt von der Reinheit ihrer Herzensstimme und spürt eine riesige Liebeswelle durch seinen ganzen Körper hindurchfliessen. Seine Stimmbänder beginnen zu vibrieren und eine wunderbare melodische Begleitung kommt aus ihm heraus. Ihr erstes gemeinsames Lied. Sie sind vollkommen versunken im Gesang und verschmelzen ineinander. Lakis erste Erinnerung daran, dass sie mit allem verbunden ist und sie aus der Urquelle kommt. Göttlich!

Nach diesem Erlebnis mit Atosh ist Laki voller Energie und will mehr von ihrem Blauwalfreund wissen. «Sag mal, Atosh, du hast mir viel von diesem Volk der Hohonos erzählt. Ich weiss aber gar nicht genau, wer oder was das ist. Kannst du mir etwas mehr erzählen?»

Atosh ist noch ganz weich von ihrem gemeinsamen Singen und sagt mit sanfter Stimme zu ihr: «Ja, für den Moment nur das. Die Hohonos sind ein Volk von extrem verletzten Lebewesen. Weil sie ihre Verletzungen nicht spüren wollen, haben sie ganz viele Sachen kreiert, um von diesen abzulenken. Eigentlich ist es eine Ablenkung von ihrer Essenz, ihrem wahren Sein. Das Volk der Hohonos hat über mehrere tausend Jahre gelernt, Ablenkungen aller Art zu lieben und zu zelebrieren. Ihre wahre Essenz ist sozusagen darunter verborgen. Sie denken jedoch, dass ihr Leben grossartig ist, weil sie sich am Leiden anderer vergnügen. Mit Gewaltspielen zum Beispiel. Sie saufen und raufen, machen andere gerne zur Schnecke, sie benehmen sich grosskotzig und angeberisch. Ihre Körper, Gedanken und Gefühle sind wie stinkende Wolken. Wir von der Walnation nehmen sie wahr, wenn wir zum Atmen an die Wasseroberfläche kommen. Ihr Duft liegt in der Luft. Wir bereiten uns jeweils vor. Wir verbinden uns mit den Akameis und ihrer Vibration. Wenn wir unseren Fokus auf sie richten, nehmen wir klare, reine, erfrischende Luft in uns auf. Diese brauchen wir für unsere Reise in den Weltenmeeren, denn auch im Wasser haben die Hohonos viel Schaden angerichtet. Alles, was sie achtlos wegwerfen, endet eines Tages bei uns im Meer. Wir sehen so viel Müll und manchmal bleibt vor allem der Plastik in unseren Körpern hängen. Dieser zerstört unsere Organe und wir sterben langsam daran. Wir brauchen die Hilfe der Akameis, um unseren Lebensraum sauber und reinzuhalten. Zum Glück gibt's immer mehr Gruppen von Akameis, zum Beispiel die Trash Heros, die schon in ganz vielen Ländern freiwillig helfen, Strände, Gewässer und Städte zu säubern. Diese Menschen haben unseren Wake-up-Call gehört und sie helfen mit, unsere Erde lebenswert und voller Schönheit zu bewahren. Jedes Lebewesen kann mithelfen – einfach tun und anpacken, anstatt abzulenken.»

Laki nickt Atosh zu. Sie versteht, was er ihr sagt, und da kommen weitere Fragen in ihr auf, die sie beschäftigen. Sie hat im Fernsehen Bilder gesehen, die sie verfolgen und sehr traurig machen. «Was passiert mit all den Flüchtlingen, die im Meer ertrinken? Seht ihr diese?»

«Ja, Laki, wir sehen und fühlen sie – als eine Vibration im Wasser, die uns alle erreicht. Die ganze Walnation singt dann die Todesmelodie für jeden einzelnen im Meer Ertrunkenen. Niemand geht verloren, jede Seele wird von uns besungen und in die nächste Dimension begleitet.»

Diese Worte trösten Laki und sie kann etwas befreiter atmen. Da kommen jedoch schon die nächsten Fragen in ihr hoch. «Wie ist es mit den Menschen, die an Land sterben? Seht ihr diese auch? Kinder, die verhungern, oder Frauen, die vergewaltigt und ermordet werden?»

«Ja, Laki, auch diese sehen wir. Alles kommt in Wellen zu uns. Stell dir vor, ein verhungerndes Kind schreit nach Nahrung. Der Schrei geht in die Luft und über den Wind kommt er zum Meer. Wenn wir auftauchen, um zu atmen, nehmen wir diesen Schrei über unseren Atem in uns auf. Wir sehen dazu ein Bild des Kindes und übermitteln dieses telepathisch an alle von der Walnation. Und dann singen wir die Todesmelodie für sie. Das Gleiche machen wir mit allen Menschen, denen Gewalt angetan wird, oder auch Menschen, die niemand betrauert, weil sie alleine irgendwo gestorben sind. Um eine Person zu trauern, ist ganz wichtig. Die Vibration der Trauer hilft den Verstorbenen, den Weg zu finden – den Weg in ihr anderes Leben – Maakee – wie wir von der Walnation es nennen.»

Ein nächster tiefer Atemzug von Laki, begleitet von einem wohltuenden Seufzer, leitet die nächste Frage ein, die sie beschäftigt. «Ich habe Bilder gesehen von Leichenhallen, wo Tote einer Viruserkrankung hingebracht wurden. Diese Menschen können nicht besucht werden, da sie eine Gefahr für die Gesundheit der anderen

Menschen sein sollen. Das ist doppelt traurig – für die Menschen, die ohne ihre Angehörigen sterben, und für die Lebenden, die nicht wirklich Abschied nehmen können. Was macht ihr da?»

Atosh nimmt einen Atemzug und taucht tiefer ab. Laki hält er mit seiner rechten Brustflosse nahe an seinem Herzen fest. In der Tiefe sieht Laki plötzlich etwas ganz Helles. Sie ist irritiert. Normalerweise wird es im Ozean immer dunkler, je tiefer man kommt. Was ist das wohl, dieses Weisse?

«Ich stelle dir Jiderra vor, unsere Schwester aus der Tiefe der Meere. Sie ist eine weisse Walkuh mit grosser Weisheit. Sie ist für die Menschen mit dieser neuen Viruserkrankung da. In letzter Zeit hat sie sehr viel zu tun, da es vermehrt solche Erkrankungen gibt. Sie kümmert sich um alle, die ihre Liebsten nicht mehr gesehen haben und die Verstorbenen nicht richtig verabschieden konnten. Da hat sie eine Melodie, sie nennt sie die Trauermelodie, um diesen Menschen zu helfen. Jiderra hat eine etwas höhere Stimme als alle anderen Meereswesen der Walnation. Wenn wir ihren Gesang hören, wissen wir sofort, für wen sie singt und wir alle nehmen die Trauermelodie auf und singen diese gemeinsam. Das ist sehr kraftvoll. Für die Verstorbenen, die isoliert oder sogar an einer Beatmungsmaschine ihre letzten Stunden verbracht haben, hat sie eine leicht andere Melodie. Die C-Trauer-Melodie. Diese begleitet die Seelen, der in Einsamkeit verstorbenen Menschen, in die nächste Dimension. Sobald wir diese hören, singen alle Wale mit Jiderra mit.»

Laki hat sich beruhigt. Sie ist berührt von Atoshs Erzählungen und fühlt sich getröstet und geborgen in seiner Brustflossenumarmung. Sie weiss jetzt, dass die Walnation sich um alle kümmert und dass wirklich keine Seele verloren geht.

«Danke», sagt sie mit glänzenden Augen und schaut ihren riesigen Blauwalfreund an.

7
Nick – Beste Freunde

«Wenn beste Freunde ein Lächeln
in dein Herz zaubern,
dann sind deine verletzlichen Anteile gut aufgehoben.»

Marlise La'a Kea

Nick sitzt wieder auf dem Stuhl neben Lakis Spitalbett. Ihr Zustand ist stabil, sie ist jedoch immer noch
nicht ansprechbar. Er hat sie jeden Tag besucht und die
gleiche Melodie gepfiffen. Auch die Baumrinde hat er jedes Mal mitgebracht.

Heute ist der fünfte Tag.

«Laki, mach doch endlich mal die Augen auf», sagt
Nick ungeduldig. «Es ist langweilig ohne dich in der
Schule!»

Laki nimmt die Energie von Nick wahr und möchte
ihm antworten oder die Augen öffnen, es funktioniert
einfach nicht. Sie versucht beim Ausatmen zu pfeifen,
was ihr noch nicht richtig gelingt. Sie will Nick zeigen,
dass sie ihn hört. Der Duft der Baumrinde riecht köst-
lich und sie hofft, dass Nick ihre Nasenflügel sieht, die
sie leicht bewegen kann.

Nick beobachtet Laki die ganze Zeit. Er nimmt wahr,
wie ihre Augendeckel und ihre Nasenflügel leicht zittern, und zwischendurch hört er ein sanftes Pfeifen.

Da sich Laki in der alltäglichen Welt nicht mit Worten verständlich machen kann, spricht sie ganz viel mit Atosh. Sie erzählt ihm von ihren Abenteuern und von Nick.

«Kennst du Nick auch? Er ist mein bester Freund. Wir haben schon im Sandkasten zusammengespielt. Er hat rote Strubbelhaare und lustige Sommersprossen in seinem Gesicht. Zusammen haben wir eine Geheimsprache, die aus Pfeifmelodien besteht. Wir erfinden immer wieder neue solcher Melodien und nur wir wissen, was sie bedeuten. Für uns ist diese Sprache ganz wichtig, denn in unseren Familien fühlen wir uns oft unverstanden. Nicks Eltern sind sehr streng und fordern viel von ihm. Er erzählt mir manchmal davon. Sie wollen, dass Nick an der besten Universität studieren geht, damit er die Arbeit seiner Eltern weiterführen kann. Was die genau arbeiten, weiss ich nicht. Sie sind sehr reich und leben auf einem Hügel in einem schlossähnlichen Haus. Dieses ist von Mauern umzingelt und durch Alarmanlagen gesichert. Nick hat mir erzählt, dass er auch schon auf den Mauern herumgeklettert ist und so den Alarm ausgelöst hat. Er fand das lustig, seine Eltern gar nicht. Er durfte damals eine Woche lang nicht nach draussen mit mir spielen kommen. Aber weisst du, wir haben uns über die Mauern zugepfiffen und in dieser Zeit neue Melodien erfunden. So war die Woche, die er zu Hause eingesperrt war, nicht so schlimm.»

«Ja, beste Freunde sind wichtig und sie haben die Fähigkeit, das Herz zum Lächeln zu bringen. Wie du und Nick mit eurer Geheimsprache», antwortet Atosh und fügt an: «Und manchmal gibt es auch unter besten Freunden grosse Herausforderungen, die gemeistert werden müssen.»

«Was meinst du damit? Wenn wir Streit haben, ist das eine Herausforderung? Oder wenn ich etwas will und Nick etwas anderes?», fragt Laki nach.

«Ja, das sind Herausforderungen. Es gibt jedoch noch viele mehr. Wenn zum Beispiel ein guter Freund in Schwierigkeiten steckt und du nicht weisst, wie du ihm helfen kannst. Oder jemand ist so niedergeschlagen, dass die Person gar nicht mehr ansprechbar ist. Oder ein Kind wird von seinen Eltern verprügelt und niemand weiss es und darum kann ihm auch nicht geholfen werden. Das sind alles auch Herausforderungen.»

Nachdenklich schaut Laki zu Atosh und fragt: «Kannst du oder deine Meeresfreunde da nichts machen?»

«Nein, Laki. Da können wir nichts tun. Hier sind die Menschen gefordert. Wir können sie nur unterstützen, wenn sie unsere Hilfe annehmen wollen.»

Laki erinnert sich an brenzlige Erlebnisse mit Nick. Sie haben gemeinsam viele Herausforderungen gemeistert. Nicks Sturz von der Mauer – da ist sie in die nächste Drogerie gerannt und hat nach Hilfe gefragt. Die Narbe am Bein – als Nick den Tarzanschwung etwas zu gewagt gemacht hat und er mit seinem Bein in einen Ast gerasselt ist – auch da hat sie Hilfe geholt beim Schulhauswart. Der ist mit dem Sanitätskasten gekommen und hat die Erstversorgung gemacht, bis Nick zum Arzt gebracht und dort genäht wurde. Und jetzt ist Nick für sie da, kommt sie oft besuchen im Spital, obwohl sie ihm nicht antworten kann. Ja, Nick und Laki, das sind wirklich beste Freunde!

Am achten Tag geschieht das, worauf Nick schon lange gewartet hat. Leider war er nicht dabei, als Laki ihre Augen öffnete und munter drauflosredete. Die Ärzte waren sehr erfreut und konnten sich ihre plötzliche Genesung nicht wirklich erklären. Sie brachten die erneute Bewusstlosigkeit mit dem Autounfall in Verbindung. Die Pflegeperson, die in der Nacht bei Laki war, erzählte, wie das Mädchen laut gesungen und gepfiffen und dazwischen immer wieder gelacht hatte. Daran erinnert sich Laki jedoch nicht. Sie weiss nur noch, wie sie mit Atosh unterwegs war und mit ihm gesprochen hat. Sie hat wunderbare Lichtstrahlen gesehen, ein Land der Farben und Freundlichkeit, und sich bei Atosh geborgen gefühlt.

Eine letzte Nacht behalten die Ärzte Laki noch im Spital. Sie wollen sicher sein, dass es ihr gut geht, bevor sie sie nach Hause lassen. Am letzten Tag kommt Nick nochmals auf Besuch und er ist erstaunt, was Laki ihm erzählt. Alles, wirklich alles hat sie mitbekommen. Die Baumrinde, seine Pfeifmelodie, ja sogar seine Gedanken hat sie ihm erzählt. Fast etwas unheimlich. Nick erzählt ihr dafür, was er draussen erlebt hat und wie es ihm gegangen ist ohne sie. Er freut sich, schon bald wieder mit ihr herumzustreifen.

8
Zurück im Alltag

«Was wir wissen,
ist ein Tropfen;
was wir nicht wissen,
ein Ozean.»

Isaac Newton

Unwissenheit – was heisst das für mich?

Alle sind glücklich, dass Laki aus der Bewusstlosigkeit erwacht ist. Ihr fröhliches Lachen steckt sofort wieder an und lässt die bangen Stunden vergessen, in denen
niemand genau sagen konnte, was in diesem Mädchen-
körper los ist.

Zu Hause in ihrem Zimmer greift Laki als erstes in ihren Farbtopf. Sie hat Lust zu malen und mit ihren Farben
zu spielen. Sie zeichnet alles, was sie während ihrer Bewusstlosigkeit erlebt hat. Der Erste, der davon erfährt,
ist Nick. Sie weiss, dass er sie versteht und ihr aufmerksam zuhört. Er ist fasziniert, dass sie sein Pfeifen gehört
und aufgenommen hat, obwohl ihr Körper völlig leblos
aussah. Sie erzählt ihm auch von Atosh und seinem magischen Auge.

Nach einer Woche zu Hause hat sich Laki gut er-
holt und freut sich, wieder draussen zu spielen und mit
Nick weitere Stunden in der Natur zu verbringen. In der

Schule ist weiterhin die Pause ihre liebste Zeit und das Klettern und Hangeln in den Bäumen. Oben auf ihrem Lieblingsbaum schliesst sie ihre Augen und nimmt mit Atosh Kontakt auf. Sie spricht mit ihm und stellt Fragen, die ihr niemand sonst beantworten kann. Warum tun die Menschen Dinge, die ihnen oder anderen nicht gut-tun? Wohin gehen Verstorbene? Wie sieht es am tiefsten Punkt des Ozeans aus? Können dort noch Tiere leben, und wenn ja, welche? Das sind nur einige der Fragen, die sie ihrem Blauwalfreund stellt. Atosh nimmt sich zu Be-antwortung viel Zeit. Meistens wird ihre Unterhaltung jedoch von der Pausenglocke oder einer Lehrerinnen-stimme abrupt unterbrochen.

«Laki, komm runter! Wir müssen rein. Du verpasst deine Lieblingsstunde in der Turnhalle», ruft die Lehre-rin unten am Baum stehend. Laki erschrickt und zuckt leicht zusammen. Atosh zwinkert ihr zu und zeigt ihr, dass es völlig ok ist, wieder in die andere Welt abzutau-chen. «Ich bin immer bei dir. Ruf mich und du wirst mich sehen.» Laki zwinkert mit ihrem linken Auge zurück zu Atosh und verabschiedet sich mit einem speziellen Handzeichen. Das ist ihr Geheimzeichen, das nur Atosh und Laki kennen. Bald wird sie noch weitere Zeichen wie Tonfolgen, Melodien, Walgesänge, Bewegungen, Worte und Metaphern kennenlernen, die alle eine einzigartige Bedeutung haben.

Die Turnstunde war schnell vorbei. Zuerst hüpfte Laki freudig auf dem Trampolin und danach spielte sie im Team Basketball, ihr absolut liebstes Ballspiel. Sie wuchs über sich hinaus, alles gelang ihr, jeder Wurf landete im Korb. Sie fühlte Atoshs Blick bei jeder ihrer Bewegungen und dies beflügelte sie. Ihre Lehrerin und die Schulkameraden staunten und jubelten bei jedem Treffer. Es schien, als ob alle diese magische Kraft spürten, die sie durch die Begegnung mit Atosh bekommen hatte.

Nach der Turnstunde läuft Laki nach Hause. Auf dem Weg beginnt sie mit Atosh zu sprechen. «Danke dir für deine tolle Unterstützung beim Basketball spielen. Ich habe dich klar wahrgenommen und habe das Gefühl, dass du mir Superkräfte gegeben hast! Ich freue mich auf weitere Begegnungen und Abenteuer mit dir!» Atosh zwinkert ihr zu und singt ihr eine Melodie, die sie in ihrem Herzen berührt. «Amama ua noa» – Die Worte versteht sie nicht. Die Bedeutung der Melodie spürt sie in ihrem Brustbereich, der ganz warm und weit wird.

Mit der Melodie im Ohr kommt Laki gut gelaunt zu Hause an. Ihre gute Laune verschwindet abrupt mit dem Öffnen der Wohnungstüre. Sie nimmt sofort die stickig dicke Luft im Wohnzimmer wahr. Ihr stockt der Atem und sie beginnt zu husten. Sie sieht grau-schwarze Wolken über dem Küchentisch. Verdrängte Gefühle, unausgesprochene Bedürfnisse, Meinungsverschiedenheiten – sie bekommt kaum Luft. Da gibt es keinen Platz für Laki und die schöne Melodie, die sie von Atosh gelernt hat. Ihr einziger Impuls – so schnell wie möglich raus hier! Sie wirft ihre Schultasche in hohem Bogen ins Zimmer und verschwindet sofort wieder. Ab auf ihren Baum, ganz oben in die Baumkrone. Da fühlt sie sich gut. Da darf sie sein, genau so, wie sie ist. Ob traurig, wütend, glücklich oder trotzig. Alles ok! Ihre unsichtbaren Freunde sind auch immer da und hören ihr zu. Die Menehunes hüpfen von Ast zu Ast und erzählen Laki lustige Geschichten, wenn sie traurig ist. Wie jetzt gerade. Weder Vater noch Mutter hatten Zeit, sich ihre tollen Erlebnisse anzuhören und sich um sie zu kümmern. Dafür sind ihre Aweikus umso mehr für sie da. Sie hören zu, schauen sie an und nehmen ihre Vibration wahr. Darum wissen sie genau, wie es Laki geht. Und wenn es einen Witz braucht, um sie aufzuheitern, haben sie immer einen auf Lager.

Auch Atosh ist da, oben in der Baumkrone. Sie sieht ihn nicht sofort, weil ihre Augen noch voller Tränen sind. Er stupst sie von hinten sanft an. Als sie sich umdreht, sieht sie seine riesige weiss-schwarze Brustflosse, die sie sachte streichelt. Getröstet und tief berührt lässt sich Laki in Atoshs Brustflossen fallen und taucht ab ins tiefe Meeresreich.

9
Das Volk der Hohonos

Führen frühe Verletzungen später
zu höherer Verletzlichkeit?
Gibt es das Gute ohne das Böse?

Atosh fängt Laki sachte auf und singt die Melodie des Trostes für sie: «Aye Laki nene, kerunio lele».

Eng an Atoshs riesigen Körper geschmiegt, hört Laki ihm zu. Sie nimmt eine wohltuende Vibration wahr. Sein Herzrhythmus passt wunderbar zur Melodie. Mit geschlossenen Augen lauscht sie und spürt einen grossen Frieden. Hier fühlt sie sich verstanden, geborgen und gesehen.

Gemeinsam schwimmen die beiden in unendlich scheinenden Meereslandschaften weiter. Ihre Gedanken gehen zu den letzten Gesprächen mit ihrem grossen Blauwalfreund zurück. Sie hat zum grossen Leiden und auch zu diesem Volk, das Atosh immer wieder erwähnt, noch einige Fragen. Es gibt Dinge, die sie als Herzenswesen nicht versteht. Darum fragt sie nachdenklich: «Braucht es das grosse Leiden wirklich?»

Sie hat Atosh aufmerksam zugehört und die Idee, dass niemand verloren geht, gefällt ihr sehr gut. Aber warum Leiden? Das bräuchte es ihrer Meinung nach nicht. Atosh wartet mit der Antwort und schwimmt in eine andere Richtung. Er will Laki etwas aus dem Meeresreich zeigen. «Schau hier Laki. Siehst du den Schwertwal, der zur Walnation gehört? Er ist auf der Jagd. Er schwimmt schnell hinter einer Gruppe von Robben her und attackiert diese. Jetzt hat er eine der Robben gepackt. Sie ist verletzt und kann nicht mehr fliehen. Nun ist es für den Schwertwal einfach, die Robbe Stück für Stück zu fressen. Das ist ein Beispiel aus der Natur, warum Leiden zu allen Lebewesen gehört. Der Schwertwal jagt, weil er überleben will, und die Robbe leidet, bis sie tot ist und vom Schwertwal aufgefressen wird. Es ist normal, dass wir manchmal leiden. Die Frage ist, wie wir damit umgehen. Die Robbe leidet, der Schwertwal nicht. Einer stirbt, der andere bleibt am Leben. So ist alles in der Natur. Ein Kommen und Gehen, Geburt und Tod. Es gibt das Eine nicht ohne das Andere. Verstehst du das?»

Laki nickt. Atosh fährt fort: «Beim Volk der Hohonos ist das anders. Sie fügen anderen Lebewesen Leiden zu, die nicht notwendig wären. Sie wollen einfach andere leiden sehen, weil sie tief in ihrem Inneren verletzt sind. Erst wenn alle Mitglieder der Hohonos ihre Verletzungen geheilt haben, wird ein Leben ohne dieses unnatürliche Leiden möglich sein. Die Hohonos tragen jedoch viel Dunkelheit in sich, da sie schon als Embryo oder in der Kindheit tief verletzt wurden. Irgendwann in ihrer Entwicklung haben sie eine tiefe Wunde erfahren, einen starken Schmerz, und seither leiden sie. Die vom Schwertwal angegriffene Robbe leidet nur kurz und stirbt dann. Der Schmerz der Hohonos, der ihnen gar nicht bewusst ist, dauert oft ihr ganzes Leben lang. Stell dir vor, wir sind alle aus der Urquelle gekommen. Wir von der Walnation sehen diese Urquelle als eine riesige Schale des Lichtes. Sie erhellt alles und befindet sich an einem geheimen Ort. Sie hat eine wunderschöne offene Muschelform, so wie eine ge-öffnete Venusmuschel. Diese Schale des Lichtes ist der Ursprung von uns allen, unsere Seelen baden darin und füllen sich mit göttlicher Schönheit und Liebe, bevor wir als Lebewesen auf die Welt kommen. Unsere Zellen erinnern sich daran und kommunizieren mit Licht. Beim Volk der Hohonos ist dieses Licht schon früh unterbrochen worden. Durch Streit, negative Gefühle, gemeines Verhalten, Gewalt, Neid oder Schadenfreude hat sich das Licht abgeschwächt. Du kannst dir vorstellen, dass schwarze Steine in die Schale geworfen werden und diese das Licht verdunkeln. Wenn das oft passiert, beginnt eines Tages die Dunkelheit zu regieren. Das Licht ist unter all den schwarzen Steinen vergraben. Genau das passierte mit den Hohonos. Sie sehen ihr Licht nicht mehr. Das führt dazu, dass sie andere Lebewesen verletzen, achtlos mit der Natur umgehen und Kriege führen. Ein unbewusstes Zerstörungsprogramm von anderen Lebewesen, aber auch von sich selbst. Schlechte Ernährung, Drogen, Alkohol, Prostitution, Gewaltspiele – alles im Übermass bis ins Delirium. Mit jedem Lebewesen, das sich den Hohonos anschliesst, steigt die Macht der Dunkelheit und damit das Leiden.»

Laki nickt erneut und fragt: «Und wie erkenne ich diese Hohonos?»

«An ihren Verletzungen, die aus ihren Herzen bluten. Wenn du einem Lebewesen begegnest und dich zuerst auf dein Herz fokussierst und danach auf das Herz des anderen, dann wirst du es fühlen: Ein scharfer Schmerz, wie ein Messerstich mitten ins Herz.»

Laki nickt wieder und versteht sofort, was Atosh meint.

«Dann müssten wir den Hohonos einfach das Messer aus dem Herzen rausziehen und dann gäbe es bald keine mehr, weil alle geheilt sind», antwortet Laki.

«Ja, wenn's so einfach wäre. Leider sehen verletzte Seelen dies anders. Sie kennen den Schmerz in ihrem Herzen. Es ist etwas Altes und Vertrautes. Dies gibt ihnen, so komisch es dir vielleicht erscheint, ein Gefühl der Zugehörigkeit. Die Hohonos nützen dies aus und verführen die verletzten Seelen, um sie für sich zu gewinnen. Sie versprechen ihnen ein tolles Leben, voll materiellem Wohlstand und einem persönlichen Treffen mit dem obersten Hohono: Kapumanu. Er kontrolliert viel mit seinen Superkräften, die er aus der Urquelle des Lichtes bekommen hat. Denn wir alle kommen aus dieser Urquelle. Leider ist Kapumanu als Jugendlicher in einen riesigen dunklen Abgrund gefallen, nachdem er ohne Erlaubnis von der heiligen Pflanze gegessen hatte. Dort war er jahrelang in der Dunkelheit verschollen. Einer unserer Akameis hat ihn viel später an seiner kleinen Lichtnarbe oberhalb seines linken Auges wiedererkannt. Leider zu spät, denn er hat seine Zeit im Abgrund sehr gut genützt, um sein Imperium aufzubauen. Schon früh war es ihm gelungen, gefährliche Viren und Bakterien zu züchten, gegen die es noch keine Antikörper gab. Danach ging er zu grösseren Lebewesen über, so lange, bis er ein ganzes Volk zusammengebracht hat. Die Verletzungen hat er gut ausgewählt und jedem Einzelnen seines Volkes eingeimpft, mit den beruhigenden Worten, dass diese einmalige Spritze immun mache gegen alle Krankheiten und sie sich nie wieder Sorgen machen müssten. Was für ein cleveres Vorgehen. Die Wahrheit ist, dass er sie mit dieser Spritze hörig macht und ihnen beliebige Befehle durchgibt, die sie dann ausführen. Gewalt, Krieg, Hass, Verletzung – einfach alles. Er hat seinen tiefen Schmerz allen eingeimpft. Er setzt die Mitglieder der Hohonos dazu ein, seine eigenen Verletzungen allen weiterzugeben. Somit fühlt er sich nicht mehr alleine. Sein innerstes Gefühl, hinter der tiefen Verletzung, ist sein Bedürfnis nach Zugehörigkeit. Und das hat er sich selber genommen, indem er ohne Erlaubnis von der heiligen Pflanze gegessen hat und abgestürzt ist. Er hat Schuld auf sich geladen und weiss nicht, wie damit umgehen. Darum hat er sich daran gemacht, seine Schuld auf möglichst viele Lebewesen zu verteilen, damit er sich gut fühlt. Und das passiert wirklich. Alle, die zu den Hohonos stossen, vergrössern seine Macht und sein Gefühl von Wichtigkeit und Zugehörigkeit.»

»Das finde ich gemein!», ruft Laki entsetzt aus und fährt empört fort: «Und wir können wirklich nichts unternehmen?»

«Doch», antwortet ihr Atosh, «da gibt's Möglichkeiten. Eine davon ist, ganz viele Lebewesen zum Tempel der Heiligtümer zu führen. Davon erzähle ich dir später. Dafür ist es noch zu früh. Es ist wichtig, dass du das Volk der Hohonos verstehst und ihr Vorgehen kennst. Denn du musst sehr clever sein, damit sie dich nicht mit ihrem Charme und ihren verlockenden Angeboten auf ihre Seite ziehen. Sie sind Meister darin, dich zu verführen, weil sie deine Schwächen beobachten und studieren, wie sie dich angreifen können. Wenn du lernst, deine Schwächen zu akzeptieren, haben sie keine Chance, dich zu überlisten.»

«Was mache ich, wenn ich nicht merke, dass sie mich verführen wollen?», fragt Laki weiter.

«Training, meine liebe Laki. Ganz einfach Training, am besten täglich. Das erste grosse Training hast du sehr gut gemeistert. Weisst du noch, als du bewusstlos im Spital warst? Da hat dich Kapumanu besucht und er wollte dich mit einem verlockenden Angebot in sein goldenes Haus verführen. Du hast jedoch in dein Herz gefühlt und ein sonderbares Gefühl gehabt. Du hast rechtzeitig erkannt, dass er dich verführen will, und bist den anderen Zeichen gefolgt. Toll!»

Laki ist erstaunt und erinnert sich vage an dieses Erlebnis. War es Atosh's Auge, das sie damals gesehen hat? Ihr Blauwal-Freund lächelt sie an, singt eine kurze, freudige Melodie und antwortet ihr: «Ja, Laki, ich war da. Ich begleite dich überall hin und kann deine Gedanken sehen, hören und fühlen. Meine Unterstützung ist dir sicher. Ich helfe dir, dich mit all deinen Eigenschaften, den schönen und den hässlichen, kennenzulernen. Wenn du es schaffst, dich mit allem zu akzeptieren und zu lieben, dann bist du sehr gut geschützt. Genau das ist dem Volk der Hohonos ein Gräuel: Menschen, die sich annehmen, genauso, wie sie sind. Oder sich gar selber lieben. Das verabscheuen sie, die Hohonos!», beendet Atosh.

Laki schaut nachdenklich in die Weite und in ihr Herz. Sie kennt das. Manchmal hat sie sich mit ihren Schwächen gar nicht gern. Sie möchte dann vor sich selber wegrennen, weiss aber, dass dies nichts bringt. Ihre Aweikus helfen ihr zurück in die Selbstakzeptanz und in die Selbstliebe. Darum ist sie so dankbar für ihre unsichtbaren Begleiter. Mit Atosh hat sie noch einen weiteren Aweiku, der sie bis in die tiefsten Tiefen liebt und begleitet. Laki fühlt sich reich beschenkt.

10
Parallelen

«Die Bosheit trinkt die Hälfte ihres eigenen Giftes.»

Lucius A. Seneca

Sehen wir die Resultate unseres Denkens, Handelns und Fühlens?

Zurück in der Schule wartet Laki ungeduldig auf die Pause. Während des Unterrichts hat sie Nick schon einige Mal zugepfiffen. Die Melodie für «es gibt Neuigkeiten».

Endlich ertönt die Pausenglocke. «Nick, komm, ich muss dir unbedingt was erzählen», flüstert Laki ihm ins Ohr und zupft ihn an seinem Pullover. Nick schaut sie an und pfeift die Melodie für einen ihrer Geheimorte. Dort können sie ungestört austauschen.

«Ich habe von meinem Blauwalfreund von einem Volk gehört, das wir unbedingt stoppen müssen. Die machen alles kaputt! Bist du dabei?»

«Wovon sprichst du? Erzähl mir etwas mehr!», antwortet Nick.

«Es geht um das Volk der Hohonos», beginnt Laki. Doch sie kann nicht weiterreden, weil Nick sich kaum von seinem Lachanfall erholen kann.

«Warum lachst du so?», fragt Laki leicht verunsichert.

Nick antwortet, immer noch lachend: «Ich finde den Namen einfach lustig. Ho, ho, ho, ha, ha, ha, hi, hi, hi.»

Jetzt versteht Laki. Darüber hat sie gar noch nicht nachgedacht. Nicks Lachanfall steckt an, sodass sich beide vor Lachen krümmen und ihnen Freudentränen in die Augen schiessen. Dann ist die Pause schon vorbei und sie gehen lachend zurück ins Schulzimmer. Dort wird Lakis Stimmung wieder gedämpft, obwohl sie sich gefreut hat, zum neuen Thema Wale und Delfine etwas dazuzulernen. Leider ist es langweilig für sie und nie so interessant, wie mit Atosh unterwegs zu sein. Ein Bild, das ihre Lehrerin allen Schülern zeigt, macht Laki tieftraurig und sie muss sich fast übergeben. Es zeigt die Waljagd und wie die Menschen früher die Wale getötet, zerlegt und verarbeitet haben. Ein Schock für Laki. Auf dem Schulweg fragt sie Nick, wie es ihm gegangen ist, als er das Bild der Waljagd gesehen hat. Er erzählt ihr, dass es ihn traurig gemacht hat, er es jedoch schnell wieder vergessen konnte. Nicht so Laki. Sie hat immer noch ein flaues Gefühl in der Magengegend und fühlt sich sehr traurig, wenn sie daran denkt, was die Menschen ihren Meeresfreunden angetan haben.

In der Nacht hat Laki einen schrecklichen Traum. Sie sieht, wie Wale abgeschlachtet werden und sich das Wasser rot färbt. Die Harpunen verkeilen sich im Rücken der schwimmenden Wale und sie werden lieblos in die grossen Verarbeitungsschiffe hineingezerrt. Mehrmals zuckt Laki zusammen und schreit im Traum. Beim Frühstück ist sie traurig und zu ihrem Erstaunen fragt ihre Mutter sie: «Hast du etwas Schlimmes geträumt? Du hast laut geschrien in der Nacht und dein Körper hat sich im Bett gekrümmt.»

Beim Schlürfen ihres Kakaos erinnert sie sich an die schrecklichen Bilder und antwortet: «Ja, meine Freunde wurden brutal ermordet.» Ihre Mutter schaut Laki sprachlos an und weiss nicht, wie sie auf diese Aussage reagieren soll. Für Laki ist das fast normal. Sie fühlt sich oft unverstanden von ihren Eltern und der ganzen Familie. Nick und alle ihre unsichtbaren Freunde sind diejenigen, die sie verstehen. Nach dem Frühstück läuft Laki immer noch traurig in die Schule. Nick rennt zu ihr und begrüsst sie mit einem neckischen Stupser. Er lacht sie an und fragt, was los ist. Tränen kullern aus ihren blauen Augen. Nick nimmt Lakis Hand und klettert mit ihr auf ihren Lieblingsbaum. Dort, in den Ästen beruhigt sie sich und erzählt, was sie beschäftigt.

Mit einem kräftigen Windstoss rauscht Atosh an. Nick erschrickt zuerst und wird ganz blass. Da sieht er jedoch, wie Lakis Gesicht zu leuchten beginnt. Sie nimmt seine Hand und ruft: «Komm Nick, das ist deine Chance mit Atosh abzutauchen.»

Er hüpft mit Laki gemeinsam auf den riesigen Rücken und lässt sich auf das Abenteuer ein. Atosh singt eine Melodie und Nick nimmt fasziniert die Vibration des Wales wahr. Dann tauchen sie in die tiefe Meeresdimension ab. Nachdem Atosh längere Zeit gesungen hat, beginnt er zu reden:

«Wisst ihr, das grosse Abschlachten, die Waljagd in den Weltmeeren, ist schon einige Zeit her. In wenigen Ländern ist das Töten von Walen zu wissenschaftlichen Zwecken noch erlaubt. Das stimmt so jedoch nicht. Es gibt Menschen vom Volk der Hohonos, die unser Fleisch essen. Sie wissen nicht, dass wir voller Schwermetalle sind. Sie essen ihr eigenes Gift, das sie in den letzten Jahren in der Natur entsorgt haben. Was in den Boden geht, bleibt dort oder wird mit dem Regen ausgewaschen und in die Flüsse weitertransportiert. Und wo gehen die Flüsse hin? Ins Meer. Wir sind allem ausgesetzt. Wir schwimmen im Gift der Hohonos und es bleibt in unseren Körpern hängen. Damit wir nicht zu sehr unter der Vergiftung leiden, haben wir dafür einen Heilgesang erfunden. In jedem Abschnitt der Weltmeere singen wir von der Walnation dieses Lied. Damit reinigen wir einen Teil unserer Umgebung. Wir brauchen jedoch eure Hilfe. Das Volk der Akameis unterstützt uns schon. Sie wissen, dass Wasser die Grundlage allen Lebens ist, und helfen uns, die Natur zu reinigen oder weniger Müll zu produzieren. Es gibt also Hoffnung. Die Walnation hat das grosse Abschlachten überlebt. Einige unserer Familien sind zwar ausgestorben, aber wir sehen das anders. Sie sind uns vorausgegangen – in eine andere Dimension, eine andere Realität, die wir von der Erde aus nicht wahrnehmen. Sie beobachten uns und wenn es Zeit ist – das heisst: wenn wir sterben –, treffen wir sie in dieser anderen Welt.»

Nick und Laki haben Atosh sehr aufmerksam zugehört und fast alles verstanden. Laki ist sich schon gewohnt, mit Atosh zu reden. Darum sprudeln mehrere Fragen aus ihr raus und Nick schaut sie dabei etwas erstaunt an: «Das Volk der Akameis – sind das die Guten? Warum gibt's noch so viele Böse? Warum vergiften die Menschen ihre Umwelt? Warum töten sie andere ihrer Rasse? Warum verraten sie sich selber und schicken einander ins Verderben, wie zum Beispiel die überfüllten

Schiffe, die Flüchtlinge transportieren?» Sie erinnert sich an solche Bilder, die sie in der Zeitung gesehen hat. Auch das Bild eines Tauchers, der sich durch einen Wald von Plastikmüll im Meer durchkämpft, kommt ihr in den Sinn.

Atosh spürt Lakis Verzweiflung. Nach einem grossen, tiefen Seufzer antwortet er: «Ja, das Volk der Akameis kannst du als die Guten bezeichnen. Ich erzähle dir später mehr von ihnen. Von den Hohonos hast du schon viel von mir erfahren. Sie sind die tief Verletzten und weil sie so viel Schmerz verursachen, werden sie auch als die Bösen wahrgenommen. Sie haben uns gejagt und gnadenlos abgeschlachtet. Die Gier hat sie getrieben. Sie wollten Helden sein und zeigen, was für tolle Kerle sie sind. Da gibt es Parallelen zu dem, was du beobachtest. Die Hohonos bringen überall Schmerz. Im Tierreich wie im Menschenreich. Sie verletzen, damit sie ihren eigenen Schmerz nicht spüren müssen. Erinnerst du dich, was ich dir von ihnen erzählt habe?»

Laki nickt, Nick hört einfach nur zu.

«Es ist darum so wichtig, einen Ausgleich zu schaffen. Die Hohonos brauchen eine riesige Portion Liebe, damit sie anders mit ihrem Schmerz umgehen können. Das ist möglich. Du und Nick, ihr habt offene, liebende Herzen und schon bald könnt ihr auch zum Volk der Akameis gehören. Wenn ihr das wollt und schafft. Wir brauchen einfach noch viel mehr Menschen, die zu uns stossen.»

«Jaaa, ich bin dabei!», ruft Laki, klatscht dabei in die Hände und rutscht von Atoshs Rücken hinunter zur Schwanzflosse. Nick folgt ihr. Es ist wie auf einer riesigen Rutschbahn. Atosh bewegt seine Schwanzflosse so sanft, dass sich die beiden gut festhalten können. Ihre Reise geht weiter, tiefer und tiefer. Nick geniesst es, dieses Abenteuer mit Laki zu erleben. Das Wasser wirbelt an ihnen vorbei und sie kommen an einen Ort mit vielen Felsen und Gesteinsformationen, fast wie die Berge an Land. Atosh bringt sie zu einem speziellen Felsen. «Hier seht ihr den Stein der Erinnerung, den Nani Pohaku. In ihm ist alles gespeichert, was je auf der Erde oder in den Weltmeeren geschehen ist. Jedes Lebewesen, das gelebt hat und gestorben ist, ob allein oder in Gemeinschaft, ist hier als Information drin, in diesem Stein. Egal, wie viele Menschen oder Tiere in Naturkatastrophen sterben und nicht betrauert werden können, hier haben sie alle einen Platz – für immer. Alle unsere Lebens- und Todesmelodien, die wir von der Walnation singen, sind hier gespeichert, so wie auf einer CD. Keine Seele geht verloren, erinnerst du dich, Laki?»

Sie nickt und ihre Augen gucken fasziniert zu Nani Pohaku. Er glitzert. So wie die Augen von glücklichen Lebewesen glitzern. Das hat sie sich immer schon gewünscht; in jedem Auge das Glitzern zu sehen. Sie liebt es, in die Augen von Tieren und Menschen zu schauen. Auf die Frage, was sie denn einmal werden wolle, antwortet sie gerne, dass sie etwas arbeiten möchte, wo sie das Glitzern in den Augen sehen könne. Darum liebt sie Nick so sehr. In seinen Augen sieht sie es immer! Sie hüpft runter von Atoshs Schwanzflosse und schwimmt ganz nah zum Stein, Nani Pohaku. Sie schaut zu Atosh hoch und fragt ihn: «Darf ich ihn berühren?»

«Schön, dass du zuerst fragst, Laki. Es ist wichtig, Nani Pohaku zu begrüssen und ihn um Erlaubnis zu bitten. Am besten geht das, wenn du dreimal tief in dein

Herz einatmest, dich mit der Liebe und der Weisheit deines Herzens verbindest und dann deine Frage stellst», antwortet Atosh.

Laki schliesst ihre Augen und legt ihre Hände auf ihre Herzgegend. Nick schaut ihr, auf der Schwanzflosse sitzend, zu. Er ist erstaunt, denn er sieht eine rosarote Farbe, die sich um Lakis Körper legt. Ihre Hände nähern sich langsam dem Stein der Erinnerung und als sie ihre kleinen Hände gleichzeitig ganz sanft auf Nani Pohaku ablegt, leuchtet der Stein hell auf, sodass Nick geblendet wird. Laki wird von der Helligkeit erfasst und erlebt ein intensives Glücksgefühl und eine Liebe, so gross wie ein mächtiger Wasserfall. Alles in ihr vibriert und sie hört Melodien und Gesänge, wie wenn sie einem Orchester zuhören würde. Ein Tor öffnet sich und sie sieht Seelen, die schon in der nächsten Dimension leben. Sie lächeln ihr zu und freuen sich, dass sich jemand für sie interessiert. Dann beginnt Laki eine Melodie zu singen, die sie noch nie gesungen hat. Es singt durch sie. Nick hört zu und es gefällt ihm sehr, was sie singt, und Atosh singt mit. Nachdem sie die Melodie gemeinsam mit Atosh dreimal gesungen hat, sieht Nick türkis-blaue Gestalten im Meer, die sich dem Stein annähern und von oben in Nani Pohaku hineinschlüpfen. Wow, was da wohl grad passiert ist, fragt sich Nick. Da Atosh auch seine Gedanken hören kann, antwortet er ihm: «Das waren Seelen, die durch Lakis Gesang angezogen wurden und jetzt im Stein der Erinnerung weiterleben.»

Zuerst erschrickt Nick, weil er nicht erwartet hat, dass Atosh auch mit ihm redet, doch dann hüpft er voller Freude auf seiner Schwanzflosse umher und bedankt sich mit seinen glitzernden Augen bei Atosh. Laki steht immer noch bei Nani Pohaku und macht einen kleinen Schritt zurück, nimmt ihre Hände ganz langsam vom Stein weg und verneigt sich vor ihm. Dann schwimmt sie zu Atoshs Herz, legt ihr Ohr an seinen riesigen Walkörper und bedankt sich auch bei ihm. Er umschlingt sie mit seiner linken Brustflosse und bewegt sich langsam in Richtung Wasseroberfläche. Oben angekommen, wartet das rote Gummiboot auf dem offenen Ozean auf Laki und Nick. Die beiden hüpfen hinein und viele Delfine tauchen auf. Atosh singt den Delfinen zu und sagt dann: «Meine kleinen Brüder, die Delfine, werden euch übers Meer sicher zurück an Land bringen. Ich habe einen Auftrag von Jiderra und komme euch später wieder besuchen.»

Dann taucht Atosh ab und winkt zum Abschied mit seiner Schwanzflosse.

11
Der Ruf – Zeit zum Aufwachen

Hörst du die Natur rufen?

Der Wecker klingelt. Ein schriller Ton, den Laki gar nicht gern hat. Sie bleibt lieber in ihrem Traumland, da sind alle Töne und Melodien viel sanfter und im Einklang mit allem. Sie erinnert sich, dass sie im Traum in dieser Nacht gesungen hat und sie einmal mehr mit Atosh unterwegs war. Sie geht zu ihrem Pult, nimmt ihre Farbstifte und zeichnet einige Szenen ihres Traumes. Sie ist so vertieft in ihr Tun, dass sie ihre Mutter nicht bemerkt, die plötzlich hinter ihr steht. Sanft legt sie die Hand auf ihre Schulter und sagt: «Was malst du? Laki, es ist Zeit fürs Frühstück. Bald musst du zur Schule.»

Überrascht zuckt sie zusammen und guckt zu ihrer Mutter hoch. Nur kurz treffen sich ihre Blicke und Laki spürt eine zarte Herzverbindung. «Etwas, das ich geträumt habe», antwortet sie, dann legt sie die Farbstifte weg und läuft in die Küche.

Auf dem Schulweg kommt Nick schnell zu Laki gerannt und erzählt ihr, was er geträumt hat. Er ist total begeistert und sie liebt es, ihm zuzuhören. Lustigerweise ist sein Traum ganz ähnlich wie derjenige von Laki und als Nick sprudelnd erzählt, dass er mit ihr auf dem grossen Blauwal gewesen sei, erinnert sich auch Laki, dass sie einen Jungen in ihrem Traum gesehen hat. Die beiden sind fasziniert. Sie haben in der gleichen Nacht einen ähnlichen Traum gehabt. Die letzten Bilder des Traumes waren im roten Gummiboot, das von Delfinen über den Ozean gezogen wurde und die Schwanzflosse von Atosh, die zum Abschied winkte. Bei Laki wie bei Nick. Wie ist das möglich? Und was bedeutet das?

Im Unterricht ist Laki einmal mehr nur körperlich anwesend. Ihre Gefühle und Gedanken sind beim Traum und sie sieht ihren Meeresfreund vor sich. Sie fragt ihn und seine Stimme ertönt so laut für sie, dass sie erschrickt und bittet, aufs Klo gehen zu dürfen. Die Lehrerin nimmt eine kleine Verwirrung bei Laki wahr und fragt, ob es ihr gut gehe. Sie bejaht und darf dann raus aus der Klasse. Im Schulhausgang lässt sie Atosh weiterreden. «Die Natur ruft immer», sagt Atosh in einer geheimnisvollen Stimmung. «Hörst du ihr zu? Hörst du sie, die Natur?», fragt er.

Laki guckt ihn ratlos an und fragt zurück: «Wie meinst du das?»

Atosh streckt ihr seine rechte Brustflosse entgegen und lädt sie ein, auf seinen Rücken hochzuklettern. Sie hält sich an ihm fest und gemeinsam tauchen sie ab in ein nächstes Abenteuer. Atosh reist mit ihr zu abgeholzten Wäldern, zu Flüssen, die über die Ufer treten, zu Bergen, an denen sich Lawinen in den Hängen lösen, und zu Korallenriffen, die von Plastikabfall überdeckt sind. An jedem Ort, wo sie vorbeikommen, hört Laki Geräusche, manche sind laut und krachend, manche leise und spitzig. Atosh fragt sie nochmals: «Hörst du sie, die Natur? Sie ruft, schreit, pfeift oder manchmal lächelt sie auch. In den abgeholzten Wäldern pfeift der Wind über das leergefegte Land, in brennenden Wäldern schreit sie durch ein lautes Knistern, in überflutenden Flüssen ruft sie durch ein Tosen, in Lawinen, die ins Tal donnern, schreit sie durch ein Krachen. Der Plastikabfall in den Korallenriffen macht mit jeder Strömungsbewegung ein knisternd-klickendes Geräusch. Reagierst du auf die Rufe der Natur? Auf ihre Geräusche? Oder ignorierst du sie? Die Hohonos belächeln die Geräusche der Natur. Sie selbst sind laut und machen ihr Ding, von Gier getrieben. Wälder abholzen, Flüsse begradigen, Tiere abschlachten – alles, was ihnen zu mehr Geld verhilft und sie materiell reich macht. Die Rufe und Schreie der Natur, diese ignorieren sie.»

Laki erinnert sich, wie sie gerne in ihrem Baum oben sitzt und den Geräuschen zuhört. Sie hat auch schon mal ein Lied gesungen für die Blätter, die so schön im Wind rauschen. Es macht sie traurig und nachdenklich, was Atosh ihr über die Hohonos erzählt. Ihr Blauwalfreund nimmt ihre Gefühle sofort wahr – als eine Vibration in ihren Zellen oder als zarte Schwingung, die ein Geräusch macht. Atosh hört dieses. Die Hohonos lauschen nicht mehr und darum hören sie es nicht.

«Es gibt da noch eine weitere Geschichte, die mit Geräuschen zu tun hat. Willst du sie hören?»

«Ja, klar. Ich liebe deine Geschichten!»

«Weisst du, dass du Klang und Bewegung bist?», beginnt Atosh.

«Wie meinst du das? Ich kann mich bewegen, ja, und ich kann Melodien singen und Klänge erzeugen, wie zum Beispiel ein Klatschen mit meinen Händen. Aber darum bin ich doch nicht Klang und Bewegung. Ich mache es!», antwortet Laki.

«Ja, das stimmt. Nur wie machst du es? Wie kannst du sprechen und singen? Weisst du, wie dein Körper das macht?», fragt Atosh. Sie schaut in seine Augen, ganz still, und empfängt dann die Antworten. «Am Anfang war der Knall, der Urknall. Also ein Geräusch, oder?»

Laki nickt.

«Davon hast du sicher schon gehört. In meiner Geschichte war am Anfang auch ein Geräusch, jedoch ein anderes. Ein Brüllen. Das Volk der Akameis hört dieses Brüllen immer noch und sie wissen auch, woher es kommt. Von Rudra, dem ersten Gott auf Erden. Er hat gebrüllt und die Erde ist entstanden. Bis jetzt hat er 84-mal gebrüllt und es heisst in der Geschichte, dass er 112-mal brüllen wird. Das wird das letzte Mal sein. Dann wird es keinen Anfang und kein Ende mehr geben. Wenn Rudra oder die Erde 112-mal gebrüllt hat, dann wird es eine ewige Schöpfung sein. Ob ein Brüllen oder ein Knall, beides sind Geräusche. Und wie entstehen diese? Durch Schwingung. Alles ist Schwingung und wo diese ist, gibt es ein Geräusch. Sprechen und Singen kannst du nur, weil sich zwei Stimmbänder in deinem Körper in Schwingung versetzen. Mit deinem Mund formst du den Ton. Ein O sieht anders aus als ein E oder ein A. Es gibt Menschen, die lesen von den Lippen, weil sie nicht hören können. Anhand der Bewegungen der Lippen wissen sie jedoch, was die Person gesagt hat. Alle Babys entdecken ihre Stimme auf spielerische Art. Sie hören den Menschen um sie herum zu, beobachten sie und probieren, diese Geräusche und Lippenbewegungen nachzumachen. Manchmal gibt das ganz lustige Worte, häufig unverständlich, da sie sie noch nicht klar nachsprechen können. Kleinkinder lernen erst ihre Stimmbänder zu gebrauchen und ihren Mund mit der Zunge darin zu koordinieren. Eine Meisterleistung! Sprechen, Singen und

Summen sind darum wichtig für die gesamte Entwicklung.»

Laki hat sich noch nie Gedanken gemacht, wie das mit dem Sprechen genau funktioniert. Sie findet die Erklärungen von Atosh jedoch sehr aufschlussreich. Sie liegt auf seinem Rücken und nimmt mit ihren Händen ein zartes Rauschen wahr: den Blutstrom, der durch Atosh hindurchfliesst. Dieser wird schneller und er sagt zu ihr: «Halt dich gut fest, ich bringe dich jetzt an einen ganz speziellen Ort.» Es rauscht und die Wassermassen strömen an Lakis Körper entlang, dann ein Wechsel, sie fliegen aus dem Ozean den Sternen entgegen. «Wow, du kannst fliegen», ruft sie freudig zu Atosh und fährt fort: «Wo bringst du mich hin?»

«Höre, dann findest du es heraus!», antwortet er ihr mit einer kraftvollen Melodie. Laki hört neben dem Rauschen der Luft, die an ihren Ohren vorbeizieht, nichts anderes. Darum beginnt sie tiefer zu atmen und in ihr Herz zu lauschen. Sie verbindet sich mit ihrer Herzensweisheit und beginnt plötzlich etwas zu hören. Ein Geräusch, das sie nicht einordnen kann. Sie hat so etwas noch nie gehört. Ein Grummeln? Ein Brummen? Ein Donnern? Dann erinnert sie sich an die Geschichte von Rudra, die Atosh ihr erzählt hat. Rudra, der erste Gott, der gebrüllt hat. Hört sie tatsächlich das Brüllen von ihm? Laki hat am ganzen Körper Gänsehaut. Sie beginnt zu vibrieren. Diese Vibration wird so stark, dass sie sich nicht mehr an Atosh halten kann und in den Sternenhimmel fliegt. Ihr Blauwalfreund beobachtet sie und Laki fühlt sich absolut frei, sicher und aufgehoben im Sternenuniversum.

Dann hört sie eine Stimme. «Bist du bereit? Folgst du dem Ruf aus der Tiefe deines Herzens? Folgst du dem

Brüllen von Rudra? Bist du bereit, eine von uns zu werden? Eine vom Volk der Akameis?»

12
Das Volk der Akameis

«Es muss von Herzen kommen,
was auf Herzen wirken soll.»

Johann Wolfgang von Goethe

Wie tauche ich in meine beste Version ein?

«Ja!», ruft Laki ins Sternenmeer hinein und singt ein Lied mit nur einem Wort. Ja! Die Melodie hört sie in der Luft und singt einfach mit – im Sternenchor. Sie hat immer noch am ganzen Körper Gänsehaut. Die Stimme, die sie gehört hat, hallt in ihr nach, wie ein Echo.

«Bist du bereit? Folgst du dem Ruf, dem Brüllen? Bist du bereit, eine von uns zu werden?»

Während sie im Sternenmeer herumfliegt, schlägt ihr Herz in einem sanften Rhythmus. Sie schaut zu Atosh und er kommt näher zu ihr, sodass sie sich wieder auf seinen Rücken legen kann. Da spürt sie, wie ihr Herz genau gleich wie das von Atosh schlägt. Sie ist überglücklich und sagt: «Unsere Herzen schlagen im Einklang. Heisst das, dass ich jetzt eine von euch bin?»

«Im Herzen bist du es schon lange», antwortet Atosh ihr und fährt fort: «Wir alle kommen aus der Einheit, vergessen diese jedoch manchmal. Die Akameis erinnern uns daran. Für dich ist die Zeit gekommen. Du bist schon fast eine von uns. Es gibt jedoch noch einiges, das du meistern darfst.»

Laki überlegt kurz und fragt sich, was sie von den Akameis schon alles kennt. Sie hat dieses Wort schon oft von Atosh gehört. Jetzt merkt sie, dass sie gar noch nicht so viel weiss. Die Melodie des Wortes hat ihr einfach gefallen. Immer wenn Atosh von den Akameis erzählt hat, hat sie dieses farbig-leuchtende herzförmige Feld gesehen und ein sehr angenehmes Liebesgefühl in ihrem Körper gespürt. Darum will Laki mehr über dieses Volk erfahren.

«Hey Atosh, erzähl mir alles von den Akameis. Woher kommen sie? Wo leben sie? Gibt es viele von ihnen? Wie sehen sie aus? Du hast mir immer gesagt, dass du mir später mehr von ihnen erzählst. Jetzt bin ich wirklich neugierig, was es mit diesem Volk so auf sich hat.»

Atosh schaut Laki an, macht ein Geheimzeichen und lädt sie ein, auf seinem riesigen Rücken Platz zu nehmen.

«Ok, bist du bereit? Bereit zum Abtauchen und Fliegen? In der Tiefe der Meere und in der Unendlichkeit der Sterne findest du die Antworten auf deine Fragen zu den Akameis. Im Sternenmeer warst du gerade und ich begleite dich gerne an andere wichtige Orte der Akameis, damit du sie besser kennenlernst. Erinnerst du dich an Nani Pohaku?»

Laki nickt.

«Das ist einer der heiligen Plätze der Akameis. Ich bringe dich bald zu weiteren solchen Orten. Bereit?»

Laki macht das Geheimzeichen für Ja, das sie von Atosh gelernt hat, und lächelt ihn mit verschmitztem Blick an. «Oh ja, du weisst, dass ich Abenteuer liebe. Zudem finde ich die Antworten auf meine Fragen gerne selber. Ich ziehe meine roten Gummistiefel an und dann bin ich bereit», ruft sie mit vorfreudiger Stimme, «tauch ab in die Tiefe der Ozeane, mein lieber Freund, und lass mich das Volk der Akameis noch besser kennenlernen!»

Und so schwimmen sie los, vorbei an Meereslandschaften, so wunderschön, dass Laki Freudentränen vergiesst. Vorbei an Meerestieren in allen Farben und Formen, Lebewesen, die sie noch nie gesehen hat. Ihre Augen sind entzückt. So viel Schönheit, einfach göttlich. Laki legt ihr rechtes Ohr auf Atoshs Herzregion, kuschelt sich ganz fest an ihn und beginnt zu singen. Ein Dankeslied für ihren grossen Meeresfreund. Atosh nimmt ihren Gesang in seinem Herzen wahr, er spürt die zarte Vibration dieses Mädchens. Auch über sein sehr gutes Gehör nimmt er das Dankeslied auf und beginnt aus seinem Herzen pure Liebe zu verströmen. Laki nimmt dies als Vibration am ganzen Körper wahr. Nochmals göttlich, ewige Glückseligkeit. Das vorbeiströmende Wasser streichelt sie zusätzlich, was für eine Wonne. Kurze Zeit später gibt Atosh ihr mit der linken Brustflosse einen kleinen Stups. Er zeigt ihr, dass sie sich jetzt ganz festhalten muss, weil sie in eine dunklere Meereszone kommen. Das pure Gegenteil erlebt Laki hier. Kaputte, vermüllte, grauschwarze Meereslandschaften. Tote Lebewesen liegen zwischen Aludosen und Plastikflaschen herum. Ein verwesender Gestank kriecht in Lakis Nase hoch, so eklig, dass sie fast erbrechen muss. Ein extremer Schmerz und grosse Trauer überkommen sie. Pures Entsetzen.

Was hat das zu bedeuten? Völlig durcheinander fragt sie Atosh: «Warum zeigst du mir das? Was soll das hier? Wer hat das so hergerichtet?»

«Laki, das ist das Leben hier auf dem Planeten Erde.

Es ist voller Gegensätze. Schönheit und Hässlichkeit, Reinheit und Verschmutzung, Freude und Trauer, Liebe und Hass, Leben und Tod, Glück und Unglück. Alles ist sehr nahe beieinander. Stell dir vor, du schwimmst glücklich im Meer, schaust schnorchelnd den Meeresschildkröten zu, den farbigen Fischen, den Delfinen, bewunderst die bunten Korallen und im nächsten Moment berührt dich etwas von hinten. Eine Leiche, die mit der Strömung zu dir gefunden hat. Du erschrickst und deine Freude weicht einem anderen Gefühl. Vielleicht zuerst Ekel, dann Angst und wenn du die Leiche genau betrachtest, kommt Trauer, Wut oder Frieden in dir auf.»

«Was!», ruft Laki entsetzt aus. «Wie kann ich mich friedlich fühlen, wenn ich von hinten mit einer Wasserleiche in Kontakt komme?»

Atosh versteht ihr Entsetzen und beruhigt sie mit einer sanften Melodie, einem Walgesang, der extra dafür von der Walnation erschaffen wurde: dem Beruhigungs-Chant. Dieser wirkt sofort auf Lakis Kinderseele und sie lauscht den weiteren Worten von Atosh. «Hier findest du einen der Ursprünge der Akameis. Sie kommen aus der Einheit. Da ist alles okay, so, wie es ist. Leben und Tod, Freude und Trauer, Farbe und Schwarz-Weiß. Alles ist im Kern eine Einheit.»

«Hmm, das verstehe ich nicht. Wie meinst du das genau?», fragt Laki weiter.

«Vielleicht ist dies einfacher für dich», erklärt Atosh. «Egal, was ist, die Akameis nehmen alles an, wie es ist. Ohne Urteil, ohne Wertung in Gut oder Schlecht. Ein Baum wertet weder das Feuer, das ihn verbrennt, noch den Sturm, der ihn entwurzeln könnte. Es ist alles die Einheit der Natur, alles Teil eines grösseren Ganzen.

Verstehst du das?»

«Ja, das ergibt Sinn. Ich glaube zu verstehen.» Langsam scheint sich Laki vom Schock der Verwüstung in diesem Meeresabschnitt zu erholen und ein zartes Leuchten kommt zurück in ihre Augen.

Atosh fährt fort mit seinen Erklärungen. «Weil alles Teil eines grösseren Ganzen ist, kannst du die Akameis überall in der Natur finden. Sie haben jedoch zwei Ursprünge. Einen in der Tiefe der Meere, einen speziellen Tempel. Das ist der Tempel der Heiligtümer. Der andere Ursprung ist in der Weite des Nachthimmels zu finden, ein spezieller Stern mit Namen Sirius. Der tiefste Punkt in den Ozeanen und der höchste Stern im Nachthimmel – auch das zwei Extreme. Wahrscheinlich können die Akameis darum so einfach in die Einheit kommen, weil sie beides von Anfang an in sich tragen.»

«Tönt interessant», bemerkt Laki und will noch mehr von diesem speziellen Volk wissen. «Und wie sehen die Akameis aus?»

«Die äussere Form ist verschieden, darum erkennst du sie nicht sofort. Gemeinsam haben sie ein Leuchten in ihren Herzen. Dies siehst du jedoch nur, wenn du mit den Augen deines Herzens schaust. Die Akameis mit Ursprung Sirius haben zudem irgendwo am Körper einen leuchtenden Stern als Zeichen, wie ein Tattoo. Wenn du genau schaust, findest du es. Du erkennst sie auch an ihren Worten und der Melodie, mit der sie sich äussern. Das kann eine Sprache sein, Geräusche, Laute oder andere Formen der Kommunikation. Wenn du in der Nähe der Akameis bist, fühlst du dich einfach gut und angenommen. Es ist eine Wohltat, in ihrem Feld zu baden, da sie harmonisch schwingen und alles um sie herum mit ihrem Herzensleuchten erhellen. Diejenigen mit Ursprung in der Tiefe der Meere, im Tempel der Heiligtümer, sind im Wasser in all seinen Formen zu Hause. Im Eis, im Dampf, in allen Weltenmeeren und in der feuchten Luft, in den Wolken. Auch da hat es Wassertröpfchen drin. Sie sind mit dem physischen Auge nicht immer zu sehen. Manchmal zeigen sie sich in den Wolken als Wolkenbilder. Wenn du Zeit und Geduld hast, erzählen sie dir eine Geschichte am Himmel, in Form von wechselnden Wolkenbildern. Nur wer schaut, empfängt ihre Botschaft. Wir von der Walnation gehören zum Volk der Akameis im Meer. Auch uns seht ihr nicht immer und nur diejenigen, die uns suchen, finden uns, wenn es für uns stimmt. Weisst du, deine Aweikus gehören auch zum Volk der Akameis.»

Laki fragt erstaunt: «Woher weisst du von meinen Aweikus? Ich habe dir niemals von ihnen erzählt, oder?»

Atosh schaut sie einmal mehr mit seinem grossen, magischen Auge an und antwortet ihr: «Der grosse goldene König und die kleinen Menehunes haben mir von dir erzählt.»

«Was!? Meine Aweikus reden auch mit dir?»

«Ja, Laki, wir Akameis kommen aus der Einheit. Wir kennen uns alle und haben Kontakt untereinander. Wir wissen, welche Akameis zu wem gehen. Wir suchen die offenen und reinen Menschenseelen, um sie mit unserer Liebe zu unterstützen. Wir wollen unsere Geschichte lebendig halten und der Erde und der gesamten Menschheit helfen, damit sie sich an die Einheit von allem erinnern. Unser Ziel ist es, diesen wunderbaren Planeten Erde in die nächste Bewusstseinsdimension zu führen. Verstehst du das?»

Atosh schaut Laki fragend an. Sie wartet einen Moment, lässt alle Worte in sich sinken und antwortet dann: «Ja, das ergibt alles einen Sinn. Ich erinnere mich jetzt, wie das Wort Aweiku zu mir gekommen ist. Es ist einfach so erschienen, als ich in die Wolken blickte. Verschiedene Bilder tauchten in mir auf und plötzlich hörte ich «Aweiku». Ich wusste intuitiv, dass dies meine unsichtbaren Begleiter sind! Warum, kann ich dir nicht sagen. Es war ein tiefes inneres Wissen begleitet von einem klaren Bild meiner Aweikus.»

«Interessant», antwortet Atosh, «und weisst du, was Aweiku in unserer Sprache heisst?»

«Nein, sag's mir!»

«Engel oder Lichtwesen.»

«Oh, wow, das ist toll. Dann haben mich meine Aweikus immer schon als Lichtwesen begleitet! Ich krieg grad eine Gänsehaut und mein Körper vibriert innerlich. So, als ob alle meine Zellen klatschen könnten und sich für diese engelhafte Begleitung bedanken.» Laki legt sich auf Atoshs Rücken und schaut in die Sterne. Sie ist glücklich und fasziniert und fühlt sich reich beschenkt.

«Ja, das Volk der Akameis tut viel Gutes und es gibt viele verschiedene Familien. Die Aweikus sind eine solche. Sie stehen alle im Dienst, um Mutter Erde zu helfen. Die Hohonos haben schon viel zerstört. Darum ist es umso wichtiger, jede herzoffene Seele zur Schönheit und zur Liebe zu inspirieren, damit sie gemeinsam mit den Akameis den Wandel für den ganzen Planeten herbeiführen können.»

Für Laki ist klar, dass sie mithelfen will. Deshalb fragt sie weiter: «Wie werde ich denn zu einem Mitglied der Akameis? Ich möchte etwas bewirken! Ich freue mich so an der Schönheit der Natur, dass ich diese unbedingt schützen will. Und die Liebe zu dir, Atosh, ist etwas vom Grössten und Schönsten, was ich je erlebt habe. Ich wünsche mir, dass alle Lebewesen so etwas erfahren dürfen.»

Atosh zwinkert ihr zu und hofft, dass dieses Mädchen bald ganz von den Akameis aufgenommen wird. «Laki, die Reise geht weiter. Im Tempel der Heiligtümer kannst du zu einem Mitglied der Akameis werden. Bist du bereit, dich durch Schwierigkeiten hindurchzukämpfen und viel Altes und Gewohntes loszulassen? Bereit für das grosse Training?»

Laki rutscht leicht ungeduldig auf Atoshs Rücken herum und bemerkt ein mulmiges Gefühl in ihrem Bauch. So, wie wenn sie auf dem Zehnmeterturm stehen würde, kurz vor dem Sprung ins Schwimmbecken.

13
Die Reise der Wale und das grosse Training

«Jedes Werden in der Natur, im Menschen,
in der Liebe muss abwarten, geduldig sein,
bis seine Zeit zum Blühen kommt.»

Dietrich Bonhoeffer

Komme ich wirklich schneller ans Ziel,
wenn ich mich beeile?
Was ist Geduld?

Es quietscht und zwischendurch ertönt ein Pfiff. Schweisstropfen fliegen durch die Luft. Laki dribbelt den Ball elegant an mehreren Kindern vorbei und schaut, wo Nick steht. Er pfeift ihr nochmals zu, denn er steht frei unter dem Korb. Da sieht sie ihn und wirft ihm den Ball zu. Er fängt und versenkt ihn im Korb. Alle vom Team reissen die Hände in die Höhe und jubeln. Sie haben gewonnen. Die Klasse von Laki bereitet sich auf den grossen Sporttag der Region vor. Im letzten Jahr haben sie das Basketballturnier gewonnen und das wollen sie dieses Jahr wiederholen. Laki liebt alle Spiele mit Bällen. Basketball ist jedoch ihr absolutes Lieblingsspiel. Nick spielt auch gerne und darum gehen sie häufig am Wochenende auf den Basketballplatz. Nach dem heutigen Training in der Schule entscheiden sich Nick und Laki, auf ihre Bäume zu klettern und sich in der Natur an der frischen Luft auszutoben. Es dämmert bereits, als Laki sich an den grossen Baumstamm lehnt und ihre Beine baumeln lässt. Sie schliesst ihre Augen und erinnert sich an die letzten Momente mit Atosh.

Nick bemerkt, dass sie in eine andere Welt abtaucht, und fragt sie: «Bist du wieder im Meer bei deinem Blauwalfreund?»

«Ja, woher weisst du das?», fragt sie zurück.

«Ich weiss es nicht. Ich sehe nur wieder diese rosarote Farbe um deinen Körper. Die habe ich gesehen, als wir zu zweit mit Atosh unterwegs waren, beim Stein der Erinnerung, Nani Pohaku. Erinnerst du dich?»

«Ja, klar. Dieser Moment war absolut magisch. Ich habe jedoch nichts von der rosaroten Farbe mitbekommen», antwortet Laki ihm mit einem Lachen.

Nick interessiert es, was sie sonst noch mit Atosh erlebt hat, und fragt darum: «Hast du noch weitere Abenteuer mit ihm erlebt? Mir hat das eine Mal mit ihm und dir total gefallen.»

«Ja, das war toll und ja, ich könnte dir endlos von unseren Erlebnissen erzählen. Ich habe jedoch eine andere Idee. Du liebst Spiele wie ich. Lässt du dich auf ein Neues ein?», fragt Laki verschmitzt. Nick lächelt zurück und ist sofort dabei. Sie erklärt ihm, wie es geht. Einander in die Augen schauen, ohne zu reden. Einfach schauen. Wer zuerst etwas sagt oder lachen muss, hat verloren. Nick ist einverstanden, obwohl er ein solches Spiel noch nie gemacht hat. Er hat eher an ein Ballspiel gedacht. Laki gibt das Startzeichen und kurz danach muss sie schon das erste Mal lachen. Ups, verloren. Sie beginnen von Neuem. Wieder ist es Laki, die zuerst lachen muss. Sie gibt ihr Bestes und doch passiert es ihr immer wieder, dass sie zuerst lachen oder reden muss. Erst als es ganz dunkel ist, klettern die beiden runter vom Baum und rennen lachend nach Hause.

Glücklich und müde fällt sie in dieser Nacht in den Schlaf. Der grosse goldene König sitzt neben ihr auf dem Bett und hält schützend seine Hände über ihre Stirn. Sie erzählt ihm von Atosh und ihren letzten gemeinsamen Erlebnissen. Von den verschiedenen Geräuschen in der Natur und was Atosh dazu gesagt hat. Die Geschichte mit dem Brüllen von Rudra. Und dass sie ein leicht flaues Gefühl im Bauch hatte. Was war das nur? Ein ungeduldiges Kribbeln? Angst vor dem Sprung? Zweifel, es nicht zu schaffen? Oder einfach nur ein mulmiges Gefühl? Der grosse goldene König hört ihr einfach zu und flüstert ihr zum ersten Mal etwas ins Ohr: «Vertraue, vertraue, dass alles geschieht, auf die wundersamste Weise, die es gibt.» Er wiederholt diese Worte mehrere Male und es tönt in Lakis Ohren fast wie eine Melodie, ein Gesang. Dann taucht Atosh auf und schwimmt mit ihr zu einem neuen Ort in den Weltenmeeren.

«Wohin gehen wir? Was zeigst du mir heute?»

Er macht eine langsame und sanfte Drehbewegung, lächelt ihr zu und antwortet: «Heute zeige ich dir die Schönheit der Langsamkeit, den Genuss vom einfachen Sein, damit du dein ungeduldiges Kribbeln verstehen lernst. Schau lange und tief in mein rechtes Auge, dort siehst du alles.»

Zuerst schwimmt sie dreimal freudig um ihren grossen Blauwalfreund und setzt sich dann auf seinen Kopf, damit sie gut in sein rechtes Auge schauen kann. Dann sieht sie es: das grosse Training und ihre erste Frage –

diejenige danach, was Ungeduld ist. Atosh zeigt ihr in seinem Auge die lange Reise der Wale und was es heisst, tausende von Kilometern unterwegs zu sein. Von Alaska nach Hawai'i. An einem Tag diese lange Strecke zurücklegen zu wollen, das ist Ungeduld. Die Wale sind mehrere Monate unterwegs und nehmen die Schönheit beim langsamen Schwimmen wahr. Ihre Geschwindigkeit liegt bei 20 bis 35 Stundenkilometern und sie schwimmen nur schneller, wenn sie in Gefahr sind. Ungeduldig zu sein wäre für die Wale selbst eine Gefahr, da sie dann abgelenkt wären. So gesehen, ist Ungeduld in Wahrheit eine Ablenkung von etwas Wichtigem, vielleicht sogar die Ablenkung von der wahren Essenz. Das Schwimmen ist für die Wale wie ein tägliches Training – sie bewegen ihre maximal 180 Tonnen Gewicht und ihre 20 bis 33 Meter Länge in einer Nord-Süd-Wanderung durch die Weltmeere. Sie tauchen dabei bis zu 200 Meter tief und bleiben jeweils 8 bis 20 Minuten unter Wasser, bis sie wieder zum Atmen an die Wasseroberfläche kommen. Die Rekord-Tauchzeit bei den Blauwalen liegt bei 36 Minuten. Die absolut besten Taucher sind die Pottwale. Sie können bis zu zwei Stunden aushalten, ohne Luft zu holen. Wenn die Blauwale auftauchen, ist ihre Atemfontäne oder der Blas sichtbar, dieser ist bis zu 12 Meter hoch.

Laki kommt aus dem Staunen gar nicht mehr heraus. Atosh lächelt sie erneut an und fragt sie: «Ergibt es jetzt noch Sinn für dich, ungeduldig zu sein? Oder schwimmst du lieber mit uns jeden Tag? So viel, wie eben passt? Das ist doch viel cleverer, meinst du nicht auch?»

Laki kann gar nicht anders als nicken. Dann fährt Atosh fort: «Auf dem Weg gibt's so viel zu entdecken. Wenn du Ungeduld in dir wahrnimmst, dann willst du einfach zu schnell ans Ziel gelangen. Damit überforderst du dich. Das grosse Training liegt im täglichen Üben, Schritt für Schritt weiterzukommen. Wenn du zu schnell bist, hast du nur noch einen Röhrenblick und verpasst dabei die Schönheit des Horizontes. Auf eine gewisse Art ist dies auch eine Abwehrstrategie. Eine Abwehr von all dem Schönen, das du auf dem Weg sehen könntest. Ungeduld gibt es nur bei den Menschen, im Tierreich und in der Natur nicht. Ein Same im Boden nimmt sich die Zeit, die er braucht. Säen und sofort ernten, das geht nicht und ist gegen die Natur. Säen, pflegen, warten und hoffen, dass es eine Ernte gibt, wenn alles gut geht. Das ist Natur. Ein Kreislauf, der leicht aus dem Gleichgewicht geraten kann. Wenn es Stürme, Dürre, Naturkatastrophen oder Unfälle gibt, kann es gut sein, dass es keine Ernte gibt. Es ist pure Gnade, wenn du ernten kannst. Jede Ernte braucht Geduld und Phasen der Ruhe und der Bewegung.»

Laki hört still zu und ihr ungeduldiges Kribbeln im Bauch ist wie weggeblasen. Hinter einem farbigen Korallenriff zaubert Atosh ein rotes Kleid hervor und legt es sanft über Lakis Kopf. Es passt perfekt und er lädt sie zum Tanzen ein. Ein Tanz der fliessenden Bewegungen um seinen riesigen Körper und seine langen Brustflossen. Atosh führt sie gekonnt durchs Wasser, sodass Laki und ihr rotes Kleid wunderbare Figuren in der Tiefe des Ozeanblaus ergeben. Die beiden sehen aus wie ein Gedicht – zeitlose Schönheit in Bewegung – wunderbar.

Für Laki ist dieser Tanz ein tiefes Erlebnis, das ihr die Qualität der Geduld aufzeigt. Alles hat seine Zeit. Alles hat seinen Sinn. Jede Bewegung, jeder Schritt – ein tägliches Training. So viel Schönes würde sie verpassen bei zu schnellem Tempo.

Nach diesem Tanz legt sich Laki auf Atoshs Rücken und ruht tief verbunden mit ihrem Blauwalfreund. Er singt für sie das Walbaby-Lied und sie geniesst es. Er erzählt ihr dazu, wie seine Familie ihre Jungen aufzieht. «Wir tragen unsere Jungen 10 bis 12 Monate im Leib und wenn das Walbaby mit einer Geburtsgrösse von 7 bis 8 Metern zur Welt kommt, säugen wir es für 6 bis 7 Monate. Während dieser Zeit sind Mutter und Kalb sehr nahe gemeinsam unterwegs. Unsere Milch ist sehr nährend und das Kleine nimmt schnell an Gewicht zu, vom Geburtsgewicht von 2,8 Tonnen geht es schnell aufwärts in Richtung 10 Tonnen. Eine Walkuh hat alle 2 bis 3 Jahre ein Kalb und wenn alles gut ,schwimmt', kann ein Blauwal 80 bis 90 Jahre alt werden. Während wir in unserem Tempo durch die Weltmeere ziehen, tragen wir zum Klima auf der Erde bei. Hast du das gewusst?», beendet Atosh seine Erzählungen.

Laki staunt und denkt nach. Nein, davon hat sie noch nie gehört. Wie soll das möglich sein? Wie können Wale, die im Ozean schwimmen, das Klima an Land beeinflussen?

Atosh nimmt ihre Gedanken auf und antwortet ihr: «Wenn wir Wale durch die Meere schwimmen, bringen wir bei jedem Auftauchen Plankton an die Wasseroberfläche. Dies sind Kleinstlebewesen, die sich von unserem Walkot ernähren. Ja, das tönt nicht sehr appetitlich, ist jedoch wahr. Unser Kot ist reich an Eisen und Stickstoff und die beiden Stoffe nähren das Plankton, das nur an der Wasseroberfläche überleben kann. Die obere Schicht des Wassers ist lichtdurchflutet und das braucht es, damit sich das Plankton mithilfe von Eisen und Stickstoff vermehren kann. Es frisst unseren Abfall und auch euer Kohlenstoffdioxid (CO_2) aus der Luft und produziert dabei Sauerstoff, den ihr Menschen zum Atmen braucht. Einfach gesagt: Je mehr Wale in den Weltenmeeren, desto mehr Plankton und desto mehr CO_2 wird aus der Luft herausgenommen und mehr Sauerstoff wird produziert. Die Menschen haben es geschafft, viel zu viel CO_2 in die Luft abzugeben, und wir helfen ganz einfach mit, dass dies wieder ins Gleichgewicht kommt.»

Laki ist fasziniert und denkt an die Schule und an das, was sie dort über die Wale gelernt hat. Das war nie so interessant, wie das, was sie gerade von Atosh gehört hat. Dank ihm versteht sie, wie wichtig alle Lebewesen sind. Jedes einzelne hat eine Aufgabe und trägt zum guten Klima auf der Erde bei. Nur die Hohonos nicht, die denken nur an ihren eigenen Reichtum und zerstören damit das natürliche Gleichgewicht.

Laki beginnt mehr und mehr Zusammenhänge zu sehen und fragt Atosh: «Bist du bei mir, um mich auf eine Aufgabe vorzubereiten?»

Er schaut sie mit seinem rechten Auge an und summt eine tiefe Melodie. Laki ist erstaunt, weil sie diese Melodie kennt. Woher nur? Dann antwortet er: «Ja, wir haben dich auf die Erde geschickt, weil wir dein Herzenspotenzial erlebt haben. Vor deiner Geburt auf der Erde warst du bei uns, in der Urquelle. Mit deiner Herzenswärme hast du uns verzaubert und mit deinem Lachen alle erfreut. Sogar der Sternenstaub hat mitvibriert. Als wir dich zur Erde schickten, haben wir dir zum Abschied diese Melodie gesungen. Eine Zeitlang hast du vergessen, woher du kommst. Jetzt beginnst du dich zu erinnern. Wir haben dich auf die Erde geschickt, damit du dort mithilfst, das Gleichgewicht wieder herzustellen, gemeinsam mit den Akameis. Darum habe ich dich schon an viele Orte mitgenommen und dir viel erzählt. Das grosse Training hat schon lange begonnen. Jedes Mal, wenn wir uns begegnen und wir gemeinsam durch Raum und Zeit reisen, trainierst du. Schritt für Schritt. Jetzt bist du so weit, deine ganze Kraft und deinen Mut zu zeigen. Eine grosse Herausforderung kommt auf dich zu. Diese musst du alleine meistern.»

In der nächsten Turnstunde ist Laki beim Basketballspielen nicht zu stoppen. Alles gelingt ihr. Jeder Ball landet im Korb oder bei einem ihrer Teammitglieder. Die Lehrerin staunt, weil sie Laki in der Schule sonst nicht so präsent wahrnimmt. Hier sieht sie das unglaubliche Potenzial dieses Mädchens. Nick rennt zu ihr und umarmt sie mit den Worten: «Wow, was hast du heute zum Frühstück gehabt? Du gehst ab wie eine Rakete! Geniales Spiel!»

Laki freut sich über Nicks Worte und geniesst still seine Umarmung und ihr inneres Gefühl. Sie ist mit Atosh verbunden und spürt seine Kraft. Sie erinnert sich an die letzte Reise mit ihm. Bald braucht sie viel Mut und Kraft, hat er ihr am Schluss gesagt. Mut und Kraft für eine grosse Herausforderung. Was das wohl sein kann?

14
Mutprobe und Delfin-Unterstützung

«Mut steht am Anfang des Handelns,
Glück am Ende.»

Demokrit

Brauchen wir mehr mutige Menschen?
Was ist Mut?

Nach einer weiteren Schulstunde freut sich Laki aufs Klettern in den Bäumen auf dem Pausenplatz. Flink wie ein Wiesel klettert sie hoch und Nick hinter ihr her. Sie setzt sich auf einen dicken Ast und atmet den frischen Blätterduft ein. Nick schaut ihr auf einem anderen Ast sitzend zu. Er lacht sie an und fragt: «Getraust du dich, von hier zu diesem Ast dort drüben zu hüpfen?»

Nick ist sehr sportlich, kräftig und geschickt und darum schafft er fast jeden Sprung. Laki traut es ihm zu. Auch für jedes Eichhörnchen und jede Katze ein Kinderspiel. Doch nicht für jeden Menschen. Sie ist sich nicht sicher, ob sie es schaffen kann. Da sie von Atosh gehört hat, dass sie bald Mut und Kraft für die nächsten Herausforderungen braucht, sieht sie die Einladung von Nick als gute Trainingsmöglichkeit, um ihren Mut zu testen.

Sie atmet einige Male tief durch und sagt dann zu Nick: «Ok, ich probier's. Doch du hüpfst zuerst und schaust mir zu.»

Nick macht eines ihrer Geheimzeichen und ruft: «Super, ja, das mache ich!»

Er bereitet sich vor, schliesst einen Moment die Augen und nimmt einen tiefen Atemzug. Dann spannt er seine Muskeln an und nimmt einen grossen Sprung. Seine Arme gehen in die Luft und seine beiden Hände greifen nach einem kurzen Flug sicher den grossen Ast. Dann schwingt er seine Beine hoch und schwupps sitzt er oben auf dem anderen Baum. Laki klatscht und ruft voller Freude: «Wow, das war grossartig. Genial, wie du das gemacht hast!»

Nick freut sich über das Kompliment und antwortet: «Jetzt bist du dran, ich klettere etwas höher, dann kannst du den gleichen Ast ansteuern.»

Laki ist noch etwas unsicher. Bis jetzt hat sie jeden Sprung in den Bäumen gut abgeschätzt und ist nur dann gesprungen, wenn sie sich sicher gefühlt hat. Doch heute will sie sich auf eine Mutprobe einlassen. Sie hat bei Nick gesehen, dass es möglich ist, und so bereitet sie sich auf ihren Sprung vor. Augen schliessen, atmen und einen kurzen Moment vorstellen, wie sie sicher drüben ankommt. Dann Augen öffnen, Ziel fokussieren, Muskeln anspannen und hüpfen. Sie fliegt durch die Luft und öffnet schon während ihres kurzen Fluges ihre Hände, damit diese den Ast ergreifen können. Laki kann sich knapp halten, rutscht jedoch mit einer Hand ab und hängt einarmig im Baum. Nick klettert etwas runter und versucht ihre andere Hand zu fassen, schafft dies jedoch nicht. Da taucht Atosh wie aus dem Nichts auf und «fliegt» unterhalb von Laki zu ihr hin, sodass sie ihre Füsse auf seinem riesigen Rücken abstellen kann. «Wow, Atosh, du kannst fliegen und schwimmen. Hast du magische Kräfte?»

Mit einem Augenzwinkern antwortet er ihr. Sie versteht ihn, legt sich auf ihn und fühlt sich geborgen und sicher. Nick schaut erstaunt zu und hüpft auch runter. Dann rauscht es und weg sind sie alle. Atosh fliegt mit ihnen über das Schulhaus und Nick und Laki schauen runter. Sie sehen alle Kinder wieder ins Gebäude rennen. Die Pause ist vorbei. Nur Nick und Laki sind nicht zurückgekehrt. Die Lehrerin sucht nach ihnen. Die beiden lachen sich verschmitzt zu und geniessen es, alles von oben zu beobachten.

Dann spricht Atosh zu ihnen: «Toll, ihr seid heute mutig in den Bäumen herumgehüpft. Das ist für dich, Laki, ein gutes Training für die nächste Mutprobe. Und du, Nick, du bekommst auch eine wichtige Aufgabe von uns. Seid ihr bereit?»

«Jaaaaa», kommt es aus beiden Mündern gleichzeitig herausgesprudelt.

«Dann haltet euch gut fest. Die Reise geht weiter.»

Laki hält sich mit einer Hand an Atosh fest und mit der anderen greift sie nach Nicks Hand. Er schaut sie an und nickt ihr zu.

Zuerst fliegt Atosh höher in den Himmel, bis sie im Weltall sind. An vielen Sternen fliegen sie vorbei und auch an komischen grauen Schüsseln. Laki und Nick wissen nicht, was das ist. Darum fragen sie Atosh: «Was ist das zwischen den Sternen? Es sieht nicht so aus, als ob das hier hingehört.»

«Sehr gut beobachtet. Dies sind Schüsseln, die die Hohonos ins Weltall geschossen haben. Drinnen sind Spiegel, die die Kraft haben, alles in sich reinzuziehen. Wenn ihr sie zu lange beobachtet, zieht es euch magisch an. Darum fliege ich an ihnen vorbei und erzähle euch später mehr davon.»

Sie fliegen weiter in der unendlichen Schönheit des Universums. Milchstrasse, Galaxien, Sternenmeere. Es ist ganz still da oben. Nick und Laki kommen aus dem Staunen nicht mehr raus. Hand in Hand liegen sie auf dem Rücken von Atosh und sind fasziniert von dem, was sie gerade erleben. Nachdem sie eine gefühlte Ewigkeit im Weltall herumgeflogen sind, bemerken sie, dass es nun in eine andere Richtung geht. Nach unten. Von da oben sieht die Erde so schön aus. Sie kommen ihr langsam näher, der blauen Kugel. Denn sie sehen vielmehr Blau und ein wenig Braun und Grün. Auf dieses Blaue steuert Atosh zu, langsam und gemütlich, sodass Nick und Laki erkennen können, was sie auf der Erde und den Ozeanen alles sehen. Schiffe, Häuser, Fabriken, Strassen, Autos, Lastwagen, Züge, Flüsse und Seen, Wälder und vieles mehr. Als sie näher zum Ozean kommen, gibt Atosh ihnen ein weiteres Geheimzeichen, das Laki bereits kennt. Sie verrät es Nick und damit sind sie optimal aufs Eintauchen in die Tiefen des Meeres vorbereitet. Sie tauchen ab, es sprudelt und spritzt, auch das lieben die beiden Kinder. Weit unten sehen sie im Dunkel der Tiefsee etwas Weisses. Sie fragen sich, was das ist, und Laki erinnert sich. Jiderra, die weisse Walkuh, die eine wichtige Aufgabe bei den Akameis hat. Sie singt die Trauermelodie für alle, die einsam gestorben sind und für die niemand da war, um sie zu betrauern. Atosh schwimmt näher zu ihr ran, begrüsst sie mit einem tiefen Ton und sagt etwas, das Laki und Nick nicht verstehen. Jiderra winkt den beiden zu und singt eine Melodie. Atosh schaut Laki an und sie sieht, wie eine grosse

Walträne aus seinen Augen kullert. «Jiderra hat viel zu tun. Ein Flüchtlingsschiff ist gekentert und alle Menschen sind ertrunken. Gleichzeitig sind in Italien viele an der neuen Viruskrankheit gestorben, einsam und ohne richtige Beerdigung. Sie singt für alle diese Seelen, damit sie den Weg zu Nani Pohaku finden und dort ihren Platz bekommen.»

«Bist du deswegen traurig?», fragt Laki.

«Ja, auch», antwortet Atosh. Er schaut sie immer noch an und sie sieht in seiner grossen Träne ein Bild von einem Ort, den sie noch nicht kennt. Er zeigt ihr etwas, was auf sie zukommt. «Laki, es ist Zeit, dass du alleine weitergehst. Ich habe eine andere Aufgabe erhalten und komme dich erst danach wieder besuchen. Du brauchst Mut und Kraft, diese Zeit zu überstehen. Wenn du allen Zeichen folgst, wirst du jedoch immer Hilfe und Unterstützung bekommen. Ich bin auch traurig, weil ich dich für eine Weile nicht begleiten kann.»

Damit hat Laki nicht gerechnet und sie hält sich ängstlich an Atosh fest. «Was mache ich ohne dich hier in der Tiefsee?», fragt sie ihn.

«Du wirst es sehen, lass dich von deinem Herzen leiten.» Das sind seine letzten Worte. Danach schwimmt Atosh zu einem Korallenriff nahe an der Wasseroberfläche. Dort sieht Laki das rote Gummiboot. Atosh setzt sie und Nick ab und verschwindet in der Tiefe. Sie schwimmen ums Korallenriff herum und klettern dann hoch ins Gummiboot. Laki hält Nicks rechte Hand und er spürt, wie sie verkrampft ist. Sie starrt in den blauen Himmel. Keine Wolke ist zu sehen, ein wunderbar warmer Sonnentag. Nick beginnt mit seiner anderen Hand etwas Wasser auf sie zu spritzen, um sie aufzumuntern. Laki bleibt jedoch mit starrem Blick im Gummiboot liegen. Sie hat Angst und möchte so schnell sie kann zu Atosh zurück. Ist dies schon ein Teil ihrer Mutprobe?

Da Nick merkt, dass er nichts für sie tun kann, entscheidet er sich, wieder schwimmen zu gehen. Das Korallenriff ist so schön und er liebt es, den farbigen Fischen zuzuschauen. Etwas tiefer unten sieht er zwei Meeresschildkröten, die ihn faszinieren. Er taucht zu ihnen, um sie von Nahem zu sehen. Wunderschöne Meereswesen! Er schwimmt eine Weile mit ihnen und taucht dann wieder auf und will sofort Laki von seiner Entdeckung berichten. Als er an der Wasseroberfläche ist, schaut er in alle Himmelsrichtungen, sieht jedoch das Gummiboot nicht mehr. Wo ist es? Er ruft nach ihr und hofft, dass Laki ihn hört und zu ihm rudert. Doch nichts. Es ist ganz still und jetzt bekommt Nick Angst. Wo ist er? Wie kommt er wieder an Land? Wo ist Laki mit dem Gummiboot hin? Er schwimmt so schnell er kann am Korallenriff zurück und hofft, dass er sie bald wieder sieht. Er ist jedoch ratlos. So weit ist er doch gar nicht vom Boot weggeschwommen?

Laki liegt im Gummiboot. Ihr Blick immer noch starr in den blauen Himmel. Sie fühlt sich wie gelähmt und hypnotisiert. Darum merkt sie nicht, wie die Meeresströmung sie vom Korallenriff abtreibt. Sie sieht nur endlos blauen Himmel. Plötzlich spritzt es auf ihrer linken Seite und Laki wacht aus ihrer Starrheit auf. Das ist sicher Nick, denkt sie. Wo versteckt er sich nur? Wieder spritzt es, dieses Mal auf der rechten Seite. Ja, das passt zu Nick. Er neckt sie. Doch sie sieht ihn nicht. Dann ein

Spritzer von hinten und einer von vorne. Und dann, sie traut ihren Augen kaum, hüpfen zwei Delfine über ihren Kopf auf die andere Seite. Wow, sie ist berührt und freut sich sehr über diesen Besuch. Sie klatscht in die Hände und ruft: «Nochmals, nochmals, kommt, ihr lieben Delfine und hüpft nochmals über meinen Kopf!»

Sie machen vor ihr einen grossen Kreis, beschleunigen und schwimmen auf sie zu, hüpfen im richtigen Moment raus und tauchen hinter dem Gummiboot wieder ins Wasser ein. «Wow!», ruft Laki überglücklich. «Danke, dass ihr mich geweckt habt!»

Sie steht auf und ohne zu überlegen, hüpft sie zu den Delfinen ins Meer. Sie will sie unter Wasser sehen. Sie sind geniale Schwimmer und haben immer ein Lächeln in ihrem Gesicht. Die Delfine kreisen unterhalb von Laki. Sie machen einige Luftblasen, die zu ihr hoch blubbern und sie an ihren Füssen kitzeln. Ach, ist das himmlisch. Verzückt taucht Laki etwas zu den zwei Delfinen hinunter und diese schwimmen kreisend um sie herum. Sie schauen sie an und Laki folgt ihren Augen und kreist mit ihnen, solange, bis ihr total schwindlig ist und sie nicht mehr weiss, wo unten und wo oben ist. Die Delfine stupsen sie an die Oberfläche. Dort nimmt sie einen tiefen Atemzug und macht dabei ein Geräusch, wie sie es von den Delfinen gehört hat. Sie fühlt sich total geborgen und freut sich, weiteren Meeresfreunden zu begegnen. Neben den vergnügten Delfin-Quietschern hört sie eine Stimme, die mit ihr zu reden beginnt: «Wir sind da, um dich in der Mutprobe zu unterstützen. Atosh hat uns gerufen und uns hierhin geschickt. Bist du bereit, uns zu folgen?»

Klar ist sie bereit. Sie hat nur noch eine Frage, die

sie seit Längerem beschäftigt. «Ja, ich komme gerne mit euch. Sagt mir doch zuerst, was für euch Mut ist. Oder was Mutprobe für euch bedeutet.»

«Je nachdem, um was es geht, haben wir verschiedene Erklärungen dafür. Es gibt den Mut, in der eigenen Kraft zu leben. Das heisst, du lebst nach deinem inneren Kompass und lässt dich nicht von äusseren Meinungen von deinem Weg abbringen. Dann gibt's den Mut, eine echte Beziehung zu einem anderen Menschen oder Lebewesen einzugehen. Dies verändert beide, die in Beziehung treten. Wenn du dein Talent in die Welt bringen willst, brauchst du den Mut, sichtbar zu sein. Und dann gibt's noch den Mut, den Versuchungen und Verführungen der Hohonos zu widerstehen und ihnen mit extra viel Liebe zu begegnen, damit sie einen anderen Weg sehen können», antworten ihr die beiden Delfine.

So viele Erklärungen hat Laki nicht erwartet. Sie versteht nicht alle, merkt aber, dass Mut haben und den Mut auf die Probe zu stellen, etwas Positives für sie ist. Darum fragt sie weiter: «Welche Herausforderung kommt auf mich zu? Wisst ihr das? Hat euch Atosh davon erzählt?»

«Ja, liebe Laki, wir Akameis wissen alles voneinander. Deine Mutprobe ist ein Erlebnis, das du meistern musst, um eine von uns zu werden. Ein volles Mitglied der Akameis. Das willst du doch, oder?»

Laki hat mal gedacht, dass sie schon dazugehört. Atosh hat ihr damals zugezwinkert und gesagt, dass sie bald ganz von den Akameis aufgenommen wird. «Ja, das will ich. Wisst ihr, welches Erlebnis es sein wird?», fragt Laki nochmals.

Die beiden Delfine schwimmen etwas weiter weg,

schütteln ihren Kopf und lassen ein lautes Quietschen ertönen. «Nein, niemand weiss das. Du wirst es wissen, wenn du die Mutprobe bestanden hast. Wir schenken dir einen speziellen Korallenschwamm, der dir helfen wird. Immer, wenn du dieses Geschenk mit reinem Herzen benutzt, aktivierst du unsere Herzen und wir kommen zu dir, um dich zu unterstützen. Es ist ein kostbares Geschenk, auf das du sehr achtsam schauen musst.»

Laki nimmt den Korallenschwamm, der in verschiedenen Farben schimmert. Sie betrachtet ihn lange und bedankt sich herzlich bei den Delfinen. Dann kommt ihr Nick in den Sinn. Sie erinnert sich, dass er schwimmen ging, nachdem Atosh sie am Korallenriff abgesetzt hatte. Sie schaut den ganzen Horizont ab und sieht ihn nirgends. Darum fragt sie die Delfine: «Hey, wisst ihr, wo Nick ist, mein Schulfreund?»

«Ja, unsere Freunde sind bei ihm und bringen ihn an einen sicheren Ort. Mach dir keine Sorgen um ihn. Er ist in Sicherheit», antworten ihr die Delfine. Danach schnappen sie sich das Seil vom Gummiboot und ziehen Laki durch die Weite des Ozeans. Sie quietscht, freut sich über den Wind in ihren Haaren und die Spritzer, die sie erfrischen. Langsam wird es dunkel und Laki wird müde. Darum schläft sie ein wenig, bis sie von einer kräftigen, ruckartigen Bewegung abrupt geweckt wird. Sie schaut über den Gummibootrand und sieht, wie ein schwimmendes mehrarmiges Tier am Boot zerrt. Laki erschrickt, da sie noch nie ein solches Tier gesehen hat. Etwas weiter hinten sieht sie ein riesiges schwarzes Loch, in welches das mehrarmige Tier sie reinzieht. Ihre Freunde, die Delfine, sind nicht da. Sie bemerkt Angstschweissperlen auf ihrer Stirn und es wird ihr ganz schwindlig. Wie gelähmt schaut sie zu, wie sie vom schwarzen Loch verschluckt wird. Spiralförmig runter ins Dunkel des Meeres. Sie wird herumgeschüttelt und beim Aufprallen auf einer Seite spürt sie etwas leicht Hartes unter ihrer Jacke. Ihre Hand greift danach. Im Korallenschwamm, den sie von den Delfinen erhalten hat, findet sie einen weissen Stab. Sie erinnert sich an die Worte der Delfine:

«Immer wenn du dieses Geschenk mit reinem Herzen benutzt, aktivierst du unsere Herzen und wir kommen zu dir, um dich zu unterstützen. Es ist ein kostbares Geschenk, auf das du sehr achtsam schauen musst.» Laki hält den Stab dicht an ihr Herz, atmet dreimal tief durch und wünscht sich von Herzen, dass sie genug Kraft hat, dies zu überstehen. Dann sieht sie das mehrarmige spezielle Tier. Es schwimmt zu ihr und umklammert ihren ganzen Körper, sodass sie fast erstickt. Sie hat jedoch keine Angst. Ihr Herz leuchtet und strahlt reines Vertrauen aus. Das Strahlen erreicht das mehrarmige Tier und die erstickende Umarmung verwandelt sich in ein liebevolles Streicheln. In der Tiefe des Meeres wird alles hell und Laki fühlt sich aufgehoben. Erst etwas später erblickt sie überall um sich herum ihre Delfinfreunde und lässt ihnen einen wohligen Quietsch-Ton zukommen. Sie erwidern diesen und es tönt wie ein Unterwasser-Quietsch-Konzert. Ein ozeanisches Lachen, wunderbar. Laki geniesst es und weiss, dass dies die Mutprobe war, die sie jetzt gemeistert hat. Sie schaut zu den Delfinen und bedankt sich für ihre Unterstützung. Diese kommen näher und umkreisen sie.

Einer kommt ganz nah und flüstert ihr ins Ohr: «Du hast den weissen Stab mit deinem reinen Herzen benutzt. Jetzt gehört er ganz zu dir. Du hast ihn zu deinem Eigentum gemacht. Er hat deine spezielle Herzlichtkraft, die durch deinen Einsatz bei jedem Lebewesen einen Funken im Herzen entzündet, der nie wieder erlischt. Diese Lichtkraft zeigt dir auch den Weg zum Tempel der Heiligtümer.»

15
Verschollen

Wie oft sind wir wirklich da, wo wir sind?
Was ist Präsenz und wie spüre ich sie?

An diesem Abend kommt Laki nicht nach Hause. Ihr Bett bleibt leer. Die Eltern sind ratlos. Zuerst rufen sie alle Familien an, bei denen sich ihre Tochter ab und zu aufhält. Nichts. Laki ist unauffindbar. Nick ist vergnügt, aber verspätet nach Hause gekommen. Er wollte von der abenteuerlichen Reise erzählen und wie er von den Delfinen zurück an Land gebracht wurde. Seine Eltern haben dafür jedoch keine offenen Ohren und bestrafen ihn mit einer weiteren Woche Hausarrest.

In der Abenddämmerung entscheiden sich Lakis Eltern, die Polizei und die Lehrpersonen zu informieren.

In der Schule am nächsten Tag ist eine angespannte Stimmung. Ein Kind wird vermisst. Niemand weiss, wo Laki ist, ausser Nick. Nur ihm glaubt keiner. Unsicherheit, Angst, Trauer. Gefühle, die sich abwechseln. Bei Nick kommen Wut und Ohnmacht dazu. Warum glaubt ihm niemand? Normaler Unterricht ist in dieser angespannten Situation nicht möglich. Mit Musik und freiem Malen versucht die Lehrerin an diesem Morgen, die anderen Kinder im Umgang mit ihren gemischten Gefühlen zu unterstützen. Alle Lehrpersonen vom Schulhaus treffen sich zu einer Sitzung und suchen nach Anhaltspunkten, die die Polizei weiterbringen könnten. Ausser den speziellen Meereszeichnungen von Laki finden sie jedoch nichts Weiteres. Sie fragen Nick, wann er Laki zuletzt gesehen hat. Er erzählt detailliert, was sie gemeinsam erlebt haben. Zu seiner Verwunderung stößt er jedoch nicht auf Verständnis, sondern auf besorgte Gesichter. Den Eltern von Nick wird geraten, dass sie mit ihm eine psychologische Abklärung machen sollten, da ihr Sohn zu sehr phantasiere und nicht mehr unterscheiden könne, was Wirklichkeit und was Schwärmerei sei.

Im Radio wird die Vermisstenmeldung mit einer Beschreibung von Laki mehrmals täglich durchgegeben. In den lokalen Zeitungen ist ein Bild von Laki mit der Bitte um Hinweise abgebildet.

Da niemand seinen Erzählungen glaubt, beginnt Nick in Gedanken mit Laki zu reden: «Hey, wo bist du? Gib mir doch einen Tipp, wie und wo ich dich finden kann. Du wirst überall gesucht und bist jetzt berühmt.» Dazu pfeift er verschiedene Geheimmelodien in den Wind und hofft auf eine pfeifende Antwort. Jedoch auch nichts.

Einige Tage nach dem Verschwinden von Laki kommt Nick in eine psychiatrische Klinik für Kinder. Seine Eltern wollen ihn zunächst für ein bis zwei Wochen aus der Klasse rausnehmen und hoffen, dass er in der Klinik wieder «normal» wird. Dort soll er, wie von den Lehrpersonen empfohlen, gründlich untersucht werden. Nick wehrt sich heftig, kommt jedoch nicht gegen seine übermächtigen Eltern an. Das Einzige, was ihm hilft, ist seine letzte Erinnerung mit den Delfinen. Wie sie um ihn herumgehüpft sind und wie er sich auf ganz natürliche Weise mit ihnen unterhalten hat. Wie sie ihm neue Pfiffe und Quietscher beigebracht haben. Die

Delfine haben ihm auch gezeigt, wie er mit seinem Körper in den Wellen surfen kann. Stundenlang waren sie gemeinsam unterwegs und das Surfen hat ihm sehr gefallen. Das fröhliche, lachende Gesicht der Delfine hat sich tief in seinem Gehirn eingeprägt. Sie haben ihn vom offenen Ozean sicher an ein Ufer geführt und ihm mitgeteilt, was seine wichtige Aufgabe ist. Er freut sich, dass die Delfine so viel Vertrauen in ihn haben.

16
Kampf im Korallenriff –
wenn die Angst zupackt

Warum haben wir keine Angst vor der Angst?
Was ist Angst?

Laki durchstreift die Weltmeere auf Atoshs Rücken und hört gespannt zu, was er ihr erzählt. Er zeigt ihr die Schönheit der Natur unter der Wasseroberfläche und sie staunt über die Farben und Formen der Meereslandschaften und der Korallenriffe. Sie ist glücklich in dieser Welt. Atosh nimmt sie mit auf eine Zeitreise. Sie schwimmen gemeinsam mehrere hundert Jahre zurück. Laki fällt dabei auf, dass alles üppiger und farbiger wird. Darum fragt sie Atosh: «Warum ist hier alles so bunt? Bringst du mich an einen ganz speziellen Ort?»

«Nein, ich zeige dir in dieser Zeitreise, wie wichtig es ist, mehr Akameis auf der Erde zu haben. Das waren immer schon die Hüter und Hüterinnen der Schönheit der Natur. Sie haben alle Lebewesen geehrt und sind sehr respektvoll mit der Natur und ihren Schöpfungen umgegangen. Früher gab es viel mehr Akameis. Der Chef der Hohonos, Kapumanu, hat eine grosse Kraft. Er hat es geschafft, viele auf seine Seite zu locken und uns zu bekämpfen. Einige Lebewesen sind darum ausgestorben und viel Schönheit wurde zerstört. Ein Beispiel dafür sind die Korallenriffe, die du hier siehst. Sehr farbig und üppig – das waren sie alle vor vielen Jahren. Jetzt sind die meisten davon tot.»

Laki schaut auf die Farbenpracht unter ihr und glaubt fast nicht, was sie von Atosh hört. Es ist ja alles noch da.

«Aber ich sehe doch das Korallenriff unter mir? Es lebt, oder?», fragt Laki.

«Ja, dieses hier lebt noch. Es ist ein spezielles Riff. Ich zeige dir nun andere Gebiete, die dich traurig machen können. Wir schwimmen aus der Vergangenheit zurück in die Zeit, in der wir jetzt leben. Du wirst sehen, wieviel schon zerstört wurde», antwortet ihr Atosh mit einer traurigen Stimme. Seine Worte machen Laki nachdenklich. Warum wollen die Hohonos die Natur, in der sie selber leben, zerstören? Das ergibt doch überhaupt keinen Sinn! Sie versteht es nicht.

«Tief verletzte Seelen machen Dinge, die fast nicht zu verstehen sind», antwortet Atosh auf Lakis Gedanken und taucht mit ihr in die Tiefe ab.

Die Farben verändern sich. Immer dunkler wird es. Viel Grau und Schwarz sieht sie. Nicht ihre Lieblingsfarben. Bei einem Riff schwimmen nur noch drei kleine Fische herum. Vorher konnte sie sie gar nicht zählen, so viele waren es. Sie sieht Plastikfetzen, die an den Korallen hängen, und Aludosen, die dazwischen liegen. Sie macht ein Geheimzeichen auf Atoshs Rücken und teilt ihm mit, dass sie das Riff von diesem Müll befreien will, weil Tiere das verschlucken könnten. Er stimmt ihr zu und sagt zu ihr:

«Ich bringe dich etwas näher zum Riff. Ganz hinunter kann ich nicht, weil ich zu gross bin, um zwischen den Korallen herumzuschwimmen. Danke, dass du das für uns tust.»

Für Laki ist ganz klar, dass sie ihren Meeresfreunden helfen will, und sie freut sich, etwas tun zu können. Sie rutscht von Atoshs Rücken runter und taucht zu den Korallen. Das Erste, was sie findet, ist ein grosser Plastiksack. Diesen gebraucht sie als Abfalltüte, wo sie allen anderen Müll verstauen kann. Aludosen, Plastikteller, Metallteile, Plastikflaschen, Glasscherben und vieles mehr stopft sie hinein. An einem Ort taucht sie weiter runter, da sie etwas Schwarzes zwischen den Korallen sieht. Es wird enger, aber sie schafft es gerade noch, zwischen den Korallen durchzuschwimmen. Und da schnappt's zu. Etwas hat ihr linkes Bein gepackt und sie kann sich nicht mehr weiterbewegen. Laki erschrickt und schaut zurück. Eine grosse, schwarze Greifzange hat sich um ihr Bein geklammert. Was ist das? Atosh hört ihre Gedanken, kann jedoch nichts für sie tun. Laki beginnt zu zappeln und ihre Atmung wird unruhig. Die Angst packt sie. Sie kämpft um ihr Leben. Panik in ihrem Körper, ein grosses Zittern. Ein Monsterbild jagt das nächste. Sie scheint verloren zu sein, kämpft gegen eine Flotte von gemeinen Kerlen. Doch da erscheint ein schwarzer Knabe mit langen Haaren. Zuerst hat Laki noch mehr Angst und denkt, das sei ein weiterer gemeiner Kerl, der sie abholt und ins Land des Todes bringt. Sie fühlt jedoch etwas Warmes in ihrem Herzen und sieht beim schwarzen Knaben einen farbigen Lichtpunkt in der Mitte der Brust. Das lässt sie einen Moment durchatmen und sie schöpft Hoffnung.

«Ich bin hier, um dir zu helfen. Du warst grad gefangen in der Angst, was nichts anderes ist als eine falsche Erwartung, die zu deiner Wirklichkeit geworden ist. Komm, gib mir deine Hand», sagt er.

Lakis Körper entspannt sich und ihre Bewegungen werden ruhiger. Sie streckt dem Knaben ihre Hand entgegen. Er schaut kurz hinter sich und da kommt ein weisses Mädchen, das wie eine Meerjungfrau aussieht, zu ihm geschwommen, um mitzuhelfen. Mit ihrem glitschigen Schwanz greift das weisse Mädchen um die schwarze Greifzange und schmiert diese mit sanften Bewegungen. Laki schaut fasziniert zu und beruhigt sich. Gehalten vom schwarzen Knaben, fühlt sie sich geborgen und sicher. Die Arbeit des glitschigen Meerjungfrauenschwanzes zeigt Wirkung. Laki kann ihr Bein wieder leicht bewegen. Sie beginnt sich nach rechts und nach links zu drehen. Nun gibt der schwarze Knabe Laki ein Zeichen. Er zeigt ihr, dass er sie nach oben ziehen wird, damit sie sich ganz aus der Greifzange lösen kann. Eins, zwei, drei – ... und ein kräftiger Ruck bringt sie in den Armen des schwarzen Knaben zurück an die Wasseroberfläche. Dort atmet sie als Erstes tief durch. Die Luft strömt in sie ein und es rauscht in ihrem ganzen Körper. Belebend, erfrischend. Der schwarze Knabe schaut sie an, gibt ihr einen Kuss auf die Wange und verschwindet mit dem weissen Mädchen wieder. Laki ruft ihnen nach, doch sie sind so schnell weg, wie sie aufgetaucht sind. Sie wollte sich bei den beiden bedanken. Sie fragt sich, wer das wohl war. Genau im richtigen Moment sind der schwarze, langhaarige Knabe und das weisse Meerjungfrauenmädchen aufgetaucht. Sie hätte auch ihren weissen Stab gebrauchen können, um sich zu befreien. Doch es ging alles viel zu schnell. Sie ist berührt und denkt an ihre Rettung zwischen den Korallen in der Tiefe des Ozeans. Sie ist dankbar für diese Rettung in letzter Minute und schaut in die Ferne. Weit weg sieht sie eine kleine Blasfontäne. Ihr Herz schlägt schneller. Atosh. Er schwimmt auf sie zu und bei jedem Auftauchen atmet er kräftig aus und ein. Eine grosse Atemwolke und ein mächtiges Atemgeräusch begleiten ihn. Laki liebt es, ihren Meeresfreund zu beobachten. Heute entdeckt sie, dass die beiden Blaslöcher von Atosh eine Herzform bilden. Sie freut sich über ihre Beobachtung und spricht Atosh darauf an. Sobald er bei ihr ist, legt sie sich auf seinen Rücken, klettert zu seinem linken Ohr und sagt zu ihm: «Atosh, ich hab was total Schönes an dir gesehen. Weisst du, wie deine Blaslöcher aussehen, wenn du atmest?» Es blubbert aus seinem Mund und für Laki sieht es aus, als ob Atosh kitzlig reagiert und lacht. Ja, er hat die sanfte Vibration von Lakis Stimme in seinem Ohr sehr genossen. Es hat ihn leicht gekitzelt und sanft gestreichelt. Er freut sich über ihre Frage.

«Ja, unsere Blaslöcher sind herzförmig beim Atmen. Wir atmen Liebe ein und aus. Jeder Atemzug öffnet unser Herz für alles. Oder anders gesagt: Wir öffnen unser Herz bei jedem Atemzug. Das können alle Menschen von uns lernen. Die Akameis haben uns zugehört und zugeschaut. Sie sind sich bewusst, wie stark diese Art von Atmung ist, und wenden sie im Alltag an. Die Hohonos belächeln uns. Wir, von der Walnation, atmen alles mit Liebe ein, das Schöne und das Hässliche, die Freude und die Trauer. Das Eine existiert nicht ohne das Andere. Wir atmen es mit Liebe ein und dann lassen wir es gehen, indem wir es mit Liebe ausatmen. Dazu haben wir von der Walnation ein Lied kreiert.

Licht und Schatten, beidem freundlich begegnen,
Sonnenstrahldesign unter Wasser.
Unter Wasser, unter Wasser,
beidem freundlich begegnen, überall.»

Atosh singt die Melodie und nach einer Weile des Zuhörens singt Laki mit ihm. Sie kennt das Lied, weiss jedoch nicht mehr, woher. Eine gefühlte Ewigkeit später fragt sie: «Kennst du den langhaarigen schwarzen Knaben und das Meerjungfrauenmädchen, die mir im Riff geholfen haben? Ich konnte gar nicht mit ihnen reden, weil sie so schnell, wie sie aufgetaucht waren, auch wieder verschwunden sind. Ich bin ihnen extrem dankbar und wollte ihnen sagen, wie sehr ich ihre Hilfe geschätzt habe.»

Atosh summt und vibriert. Sein Gesicht lächelt. Er atmet tief in seine herzförmigen Blaslöcher ein und antwortet dann: «Ja, die beiden sind Akameis, die überall zu Hilfe eilen. Sie sind extrem schnell unterwegs und kommen aus verschiedenen Welten. Sie vereinen alle Gegensätze. Der Knabe kommt ursprünglich aus Afrika vom Stamm der Dogons. Ein sehr altes, weises Volk. Das Mädchen ist eine Mischung aus Mensch und Fisch. Die beiden sind gemeinsam unterwegs, um mitzuhelfen, Ausgrenzung, Rassismus und Ungerechtigkeit zu heilen. Sie wissen, dass die Hohonos überall Fallen aufstellen, um weitere Lebewesen zu ihnen zu locken. Wenn sie schneller bei den Gefangenen sind, können sie sie befreien. Wenn die Hohonos zuerst da sind, werden diese Lebewesen zu einem ihres Volkes. Sie haben dann keine Wahl mehr. Je mehr Hohonos, desto grösser wird ihre Zerstörungskraft. Leider gibt es schon sehr viele Fallen, die ganz verschieden zuschnappen. In einigen Ländern leben viele Hohonos, die ihre Wut an der schwarzen Bevölkerung auslassen. Sie verprügeln sie, häufig ohne Grund. Kürzlich sind sogar einige gestorben und wir haben in der Tiefe des Ozeans für sie gesungen. Der schwarze Knabe, der dich gerettet hat, hat viele Tränen vergossen, da er zu spät war, um sein Volk retten zu können.»

Laki fühlt den Schmerz und die Trauer in ihrem Herzen und denkt liebevoll an den schwarzen Knaben und das weisse Mädchen, die sie gerettet haben. Sie will sich auch gegen Ungerechtigkeit, Ausgrenzung und Rassismus einsetzen und fragt Atosh, wie sie mithelfen kann. Er antwortet ihr mit einem grossen Herzatem und zeigt ihr ein Bild von einem Baum, auf dem sie und Nick gerne herumgetollt sind. Dazu singt er eine Melodie, die Laki an etwas erinnert.

Dann fragt sie ihn: «Was willst du mir mit diesem Bild und der Melodie sagen? Ich verstehe es nicht.»

Atosh singt weiter und antwortet danach: «Du wirst es selber herausfinden. Vertraue und höre auf dein Herz!»

Laki nimmt die Vibration von Atoshs riesigem Walkörper wahr. Es fühlt sich wie eine Massage an. Ihre Zellen vibrieren mit und dabei entspannt sie sich so tief, dass sie auf Atoshs Rücken einschläft.

Sie taucht in einen farbigen Traum ein. Sie befindet sich in einem Garten und klettert in den Bäumen herum. Sie nährt sich von den Früchten und fliegt danach von Ast zu Ast. Mit sicherem Griff klettert sie auf den höchsten Baum und geniesst in der Baumkrone die wunderbare Aussicht. Sie lauscht allen Geräuschen und Tierstimmen und freut sich über so viele Tierfreunde.

Plötzlich raschelt es unter ihr. Zuerst erschrickt sie, dann sieht sie einen vertrauten Kopf. Nicks rote struppige Haare erscheinen zwischen den grünen Blättern. Sie freut sich, lacht ihm zu und umarmt ihn herzlich. Diese Umarmung ist anders als sonst. Warm, farbig und sie spürt Nicks Herzschlag als sanfte Vibration, wie sie es von Atosh kennt. Er zwinkert ihr zu und singt die Melodie, die sie von ihm zuletzt gehört hat. Jetzt versteht sie, was er ihr damit sagen wollte. Sie und Nick auf dem grössten Baum, dem Lebenskraftbaum, können gemeinsam wirken. So wie der schwarze Knabe und das weisse Meerjungfrauenmädchen. Gemeinsam helfen, dass die Schönheit der Natur erhalten bleibt und alle Lebewesen friedlich miteinander leben. Toll!

Laki erwacht aus ihrem Baumtraum mit Nick und liegt noch immer auf Atoshs Rücken. Sofort erzählt sie ihm, was sie geträumt hat. Er freut sich mit ihr und sagt: «Siehst du, du hast es selber herausgefunden.»

«Ja, und das ohne Anstrengung. Einfach so, im Traum ist die Lösung deines Rätsels zu mir gekommen. Danke, danke, danke! Ich weiss jetzt, dass ich mit Nick eine spezielle Aufgabe habe, und werde ihm das bei unserem nächsten Treffen mitteilen. Ich freue mich schon, denn ich bin mir sicher, dass er sofort dabei ist. Gemeinsam helfen wir, diese Welt zu einem Ort zu machen, in der Frieden, Liebe und Schönheit leben.»

Kurz nachdem Laki dies erzählt hatte, hört Atosh eine Pfeifmelodie. Weit weg ertönt etwas wie ein Gesang, den er nicht kennt.

«Hörst du das auch?», fragt er Laki.

Sie lauscht und diese Melodie erreicht auch ihre Ohren und ihr Herz.

«Ja, ich höre etwas. Erkennst du es?», fragt sie zurück.

«Ich weiss nur, dass es ein Gesang ist, der nicht von uns, den Walen, kommt. Ich höre diese Melodie zum ersten Mal. Sie gefällt mir. Mein riesiger Walkörper zieht es in die Richtung der Klänge. Sie sind wunderschön.»

«Wow, das tönt spannend. Lass uns dieser Melodie folgen. Dann sehen wir, wo sie uns hinführt.»

17
Nick in der Klinik

«Ein Klang überwindet alle Grenzen.»

Marlise La'a Kea

Ein Kind mit einer Idee –
kann es die Welt verändern?

Ein so langweiliges Zimmer hatte Nick noch nie. Er fühlt sich eingesperrt in der Klinik. Täglich muss er einige Tests machen und Fragen beantworten. Auch Tabletten wurden ihm gegeben. Er hat diese jedoch unter der Zunge versteckt und sobald die Ärzte oder Therapeuten weg waren, hat er sie ausgespuckt. Es gefällt ihm gar nicht, was die alles mit ihm tun. Unterkriegen lässt er sich jedoch nicht. Er schmiedet seinen Plan, wie er aus dieser Klinik «ausbrechen» will. In der dritten Nacht kommen ihn die Delfine im Traum besuchen. Sie erinnern ihn an seine wichtige Aufgabe, die sie ihm bei der letzten Begegnung mitgeteilt haben.

«Lerne diese Pfeifmelodie von uns auswendig, pfeife sie täglich achtmal. Dann teile sie mit einem anderen Kind. Bitte dieses Kind, das Gleiche zu tun. Schaffst du das?»

«Ja. Was bedeutet die Melodie?», fragt Nick.

«Das wirst du selber herausfinden. Pfeife und bitte das Kind einfach, das Gleiche zu tun, weil es wichtig ist, um deine beste Freundin zu retten. Ok?»

«Ja, klar. Das mache ich gern!», ruft Nick erfreut.

Am Morgen erwacht er gut gelaunt. Das Klinikpersonal ist erstaunt. So fröhlich haben sie ihn noch nie erlebt. Er pfeift sogar ein Lied.

«Wenn die wüssten», denkt sich Nick und fragt: «Darf ich heute nach draussen auf den Spielplatz gehen?»

«Ja, zuerst gibt es noch einen letzten Test und dann darfst du raus. Ok?», antwortet ihm eine Pflegerin.

«Super, danke!», entgegnet Nick verschmitzt. Auf dem Spielplatz will er ein Kind fragen, ob es mitmacht mit der Pfeifmelodie. Er schwingt sich auf die Schaukel und pfeift vor sich hin. Da kommt schon ein anderes Kind auf die zweite Schaukel, schaut Nick an und fragt: «Was pfeifst du denn da?»

«Schön, gell! Willst du auch so pfeifen wie ich? Es würde sogar helfen, meine beste Freundin zu retten. Toll, gell?», antwortet Nick in bester Laune.

«Oh ja, da bin ich gerne dabei», sagt das Kind und versucht schon, den ersten Teil mitzupfeifen. Nick übt geduldig mit ihm, bis es die Melodie genauso gut kann wie er. Dann weiht er es in die ganze Geschichte ein und sagt, wie wichtig es ist, dass es ein anderes Kind findet, das auch mitmacht – und dieses wieder eines und so weiter. «I am in!», sagt das Kind und Nick schaut etwas komisch. Darum sagt es nochmals: «I am in – das heisst in meiner Vatersprache – Ich bin drin oder ich bin dabei!»

«Aha, das klingt gut. I am in! Yeah!», wiederholt Nick und fügt mit geheimnisvoller Stimme an: «Jedes Kind hilft mit dieser Pfeifmelodie, die Delfine und Wale zu erreichen. Sie besitzen die besten Gehöre auf diesem

Planeten. Sie hören uns. Wenn wir ihnen zupfeifen, werden sie dies an Laki, meine beste Freundin, weiterleiten und das wird sie wieder zurück zu uns bringen. Du kannst die Melodie draussen in der Natur pfeifen. Auf einer Wiese, einem Baum, in einem Bach oder See, auf einem Berg oder einem Ackerboden oder einfach, wo es dir gefällt. Verbinde dich mit deinem Herzen und schliesse die Augen. Pfeife, wenn möglich, achtmal pro Tag, und dann vertraue darauf, dass du gehört wirst.»

Nach einem weiteren sonst öden Tag in der Klinik kommen seine Eltern auf Besuch. Die Ärzte erklären ihnen, dass sie nichts Aussergewöhnliches gefunden haben und Nick darum nicht länger hierbleiben müsse.

Nick freut sich, dass er wieder nach Hause darf, obwohl er sich von seinen Eltern nicht verstanden fühlt. Sein Plan ist es, auf dem Schulweg weitere Kinder mit der Pfeifmelodie anzustecken, damit möglichst schnell ganz viele Kinder mithelfen, Laki zurückzubringen. Auch für die vielen Medikamente, die er schlucken sollte, hat er schon einen Plan.

18
Frequenzgesang

«Alles ist Schwingung.»

*«Um das Universum (die Natur) verstehen zu können,
müssen wir in Energie, Schwingungen und Frequenzen
denken!»*

Nikola Tesla

Haben Frequenzen die Kraft,
unser Leben zu verändern?

«Hey Nick, zurück aus der Idiotenanstalt?», ruft ihm ein Knabe auf dem Schulweg zu.

Schlagfertig antwortet Nick: «Ja, da hat's ganz viele Typen wie dich.» Dann rennt er in die andere Richtung, versteckt sich in einem Busch und wartet, bis er die Schulglocke hört. Erst dann verlässt er sein Versteck und läuft ins Schulhaus.

In der Klasse fragen einige Kinder interessiert: «Wie geht es dir? Bist du jetzt wieder normal?»

Nick schaut sie an, gibt kurz Antwort und pfeift dann fröhlich vor sich hin. Die Lehrerin sieht, wie Nick glücklich zu sein scheint und erzählt ihm, dass sie eine kleine Überraschung für ihn organisiert hat. In seiner Abwesenheit haben die Klassenkameraden etwas für ihn gebastelt, das er heute nach Hause nehmen darf. Ein quietschendes Auto aus verschiedenen Abfallmaterialien. Das bringt Nick zum Lachen und er bedankt sich mit seiner Pfeifmelodie.

Am nächsten Morgen pfeift er auf dem Schulweg wieder vergnügt seine Melodie. Da kommt ein Mädchen, das Nick nicht kennt, auf ihn zu und fragt: «Hey, was pfeifst du denn da? Mir gefällt die Melodie. Sie macht mich fröhlich. Kann ich mitmachen?»

«Ja, klar. Lass uns da unter den Baum sitzen, zum Üben. Wenn du willst, erzähle ich dir auch eine Geschichte dazu. Die Melodie ist mir in einem Traum geschenkt worden.»

«Oh ja gerne, ich liebe Geschichten!», antwortet ihm das Mädchen.

Und so erzählt Nick mit geheimnisvoller Stimme, wie die Melodie zu ihm gekommen ist und es ganz viele Kinder braucht, um Laki wieder hierher zu bringen. Das Mädchen lernt die Melodie schnell und freut sich, mit dabei zu sein.

In nur einer Woche hat Nick schon fünf andere Kinder gefunden, die mit ihm pfeifen. Auf dem Pausenplatz fällt dies den Lehrpersonen auf und sie fragen sich, woher diese fröhliche Pfeifmelodie wohl kommt. Aus einem Lied? Einer Werbung? Einem Kinderfilm?

Nick bemerkt, wie immer mehr Lehrpersonen über die Melodie sprechen und nach einer gefühlten Ewigkeit hört er auch mal eine Lehrperson vergnügt vor sich hin pfeifen.

Das freut Nick sehr. Er hütet sich jedoch davor, den Erwachsenen zu erzählen, woher er die Melodie hat.

Zu Hause muss Nick sehr kreativ sein, denn seine Eltern überwachen ihn förmlich, seit er zurück aus der Klinik ist. Zudem sind sie sehr darauf bedacht, dass er seine Medikamente nimmt.

Mit einer ausgeklügelten Zungentechnik schafft er es, die Tabletten unter der Zunge einzuklemmen. Damit gelingt es Nick immer wieder, seine Eltern zu überlisten. Sie sind beruhigt, weil sie denken, er hätte die Medikamente genommen. Sobald sie jedoch aus seinem Sichtfeld weg sind, nimmt er die Tabletten aus seinem Zungenversteck heraus und spült sie im Klo runter.

Die Eltern sind zufrieden, weil sie annehmen, dass Nick dank den Medikamenten ausgeglichener und ruhiger ist.

«Wenn die wüssten», murmelt er vor sich hin. Und er fügt an: «Laki, wo immer du bist, ich freue mich, dir von meinen Pfeif-Abenteuer zu erzählen. Komm bald zurück! Es sind schon ganz viele Kinder am Pfeifen und die freuen sich auch, dich kennenzulernen. Und am besten nimmst du Atosh und viele Meeresfreunde mit!»

Laki ist in der anderen Welt glücklich und erlebt nach ihrer Mutprobe weitere Abenteuer in den Weltmeeren. Atosh begleitet sie und er schaut ihr zu, wie sie ihren weissen Stab benutzt und damit mithilft, möglichst viele Hohonos mit dem Lichtfunken anzustecken. Er ist stolz auf sie. Er bemerkt jedoch auch, dass sie Nick manchmal vermisst. Mit ihm tauscht sie sich gerne aus über alle ihre Geschichten. Wie wenn Laki dieses Mal Atosh's Gedanken gelesen hätte, fragt sie ihren Blauwalfreund: «Was meinst du, würde Nick auch mithelfen, möglichst viele Hohonos zu verwandeln?»

«Ja, da bin ich mir sicher», antwortet er mit einem Augenzwinkern und ergänzt: «Ich sehe ihn jetzt gerade, wie er in der anderen Wirklichkeit mithilft.»

«Und wie macht er das?», fragt Laki erstaunt nach.

«Er steckt ganz viele Kinder an – um dich wieder in die andere Welt zurückzubringen. Er vermisst dich auch. Und ihr habt was, das ihr nur gemeinsam vollbringen könnt. Dafür musst du ganz gut zuhören.»

«Womit steckt er die Kinder an? Hoffentlich werden die davon nicht krank!», entgegnet Laki.

«Dazu ist das Hören wichtig. Du wirst es hören. Mach die Augen zu, werde innerlich ganz ruhig und lausche», sagt Atosh in geheimnisvoller Stimmung.

Laki wird ruhig, verbindet sich mit ihrem Herzen, hält ihre Hände am weissen Stab fest und lauscht. Zuerst hört sie nur den Wind und das Rauschen der Wellen. Dann ganz zart und von weit weg eine Melodie. Ihre Mundwinkel bewegen sich leicht nach oben. Etwas Fröhliches ist in dieser Melodie drin. Sie freut sich. Mit geschlossenen Augen fragt sie Atosh: «Hörst du das auch? Ist es diese Melodie? Wenn ja, was bedeutet sie?»

«Ja, ich höre sie auch, diese Melodie, die eine höchst anziehende Frequenz hat. Für mich ist es wie ein grosser Gesang. Was sind deine Gefühle und Gedanken dazu?», fragt Atosh zurück.

«Ich sehe farbige Schnüre, die aus verschiedenen Richtungen kommen und sich klingend verbinden. Es sieht für mich wie ein grosser, schöner Blumenstrauss aus. Die Melodie lädt mich ein, ihr zu folgen. Sie will gehört werden. Kommst du mit?»

Mit einem grossen Blauwal-Lächeln antwortet

Atosh, ohne Worte, nimmt Laki auf seine Brustflosse und schwimmt los.

19
Sanfte Flotte der Riesen

«Wer Grosses versucht,
ist bewundernswert,
auch wenn er fällt.»

Seneca

Steckt die Frage in der Antwort oder
die Antwort in der Frage?

Jeden Tag haben mehr Kinder fröhlich vor sich hin gepfiffen. Nick hat dies zu weiteren Ideen inspiriert. Eine davon hat er spontan umgesetzt. Er hat alle pfeifenden Kinder auf dem Fussballplatz zusammengebracht und sie im Kreis aufstellen lassen. Ein faszinierender Klangteppich, der Lehrpersonen und andere Kinder angelockt hat, ist so entstanden. Die fröhliche Melodie hat täglich mehr Menschen angesteckt und der Kreis wurde grösser und grösser. Doch leider ist Laki noch nicht aufgetaucht. Nick freut sich zwar über die wachsende Menge der Mitpfeifenden, ist aber zunehmend ratlos, was er noch tun könnte, damit Laki endlich wieder zurückkommt. Vor dem Einschlafen spricht er darum gedanklich mit den Delfinen, die ihm die Melodie beigebracht haben. Und am nächsten Morgen erwacht er aus einem Traum, der ihm einen Hinweis gegeben hat.

Es braucht zusätzlich zum Pfeifklangteppich einen ganz speziellen Stein, der wie eine Türe wirkt. «Das Portal zur Freiheit» und «Das Portal in die andere Wirklichkeit» war auf den Stein geschrieben. Eine Türe in die Freiheit, in eine andere Welt. Im Traum war dieser Stein glänzend, farbig und etwa so gross wie ein Hinkelstein, den Obelix in seinen Geschichten herumträgt. Nick erzählt nur wenigen Kindern davon. Zuerst lachen sie, weil sie denken, Nick macht nur einen Witz. Sie bemerken jedoch, wie wichtig ihm dieser Traum ist und darum sind sie bereit, ihm zu helfen. Ein eher unscheinbarer Knabe hat als Erster eine Idee, wo sie diesen Stein finden könnten. Im Wald, im Steinbruch, am nahen Berg.

Nick freut sich über den Hinweis und erzählt, was er noch gesehen hat in seinem Traum. Der Stein muss, damit der Eintritt in die andere Welt funktioniert, in der linken, oberen Ecke des Fussballfeldes stehen. Er erzählt ihnen auch vom Erlebnis, das er mit Laki in der Tiefe des Ozeans hatte. Von Nani Pohaku und der Aufgabe dieses Steines. Fasziniert hören die Kinder zu und beginnen gemeinsam einen Plan zu schmieden, wie sie den «Hinkelstein» finden und aufs Fussballfeld bringen wollen.

Laki und Atosh bewegen sich schwimmend in die Richtung, aus der sie den grossen Klangteppich hören. Diese neue Melodie zieht die beiden magisch an. Sie stossen auf zwei Buckelwale, die sie freundlich begrüssen. Die beiden fragen nach, ob sie wissen, woher diese Melodie kommt.

Atosh antwortet: «Ganz genau wissen wir es auch nicht. Wir lassen uns leiten und folgen dieser anziehenden Frequenz. Wollt ihr uns begleiten?»

Die beiden Buckelwale nicken und später kommen immer mehr Wale und auch Delfine dazu. Die Wale schwimmen in der Mitte und die viel kleineren Delfine flitzen um sie herum und hüpfen über die Wale drüber. Laki sitzt auf Atoshs Rücken und beobachtet alles. Sie liebt die Verspieltheit der Delfine, ihre Sprünge und ihr Surfen in den Wellen, die von den riesigen Körpern der Wale gemacht werden. Himmlisch ozeanisch! Es sind so viele Wale und Delfine gemeinsam unterwegs, dass Laki sie nicht mehr zählen kann. Sie fühlt sich wie in einem Meer von Walen und Delfinen und ist überglücklich, so viele ihrer Meeresfreunde gleichzeitig zu sehen. Aus der Tiefe taucht etwas später Jiderra auf, die weisse Walkuh. Sie schwimmt ganz nahe zu Atosh und ihre riesigen Nasen berühren sich. Es sieht aus, als ob sie sich küssen. Sie scheinen etwas Wichtiges auszutauschen. Laki ist neugierig und stupst Atosh an und fragt dazu: «Hey, was besprecht ihr? Gibt's Neuigkeiten, wo uns der grosse Gesang hinführt?»

Jiderra taucht ab und er antwortet: «Ja, die weisse Walkuh hat mir erzählt, dass du unsere Anführerin sein wirst. Bald wirst du ein Zeichen erhalten und uns sicher zum Ort des grossen Gesangs bringen. Es ist eine wichtige Reise für uns alle, hat mir Jiderra gesagt.»

Laki staunt und ihre Augen erstarren. «Was? Ich soll euch führen? Ich bin doch viel zu klein für sowas!», ruft sie überrascht. Sie kann es sich noch nicht vorstellen, wie das funktionieren könnte.

Atosh beruhigt sie und sagt zu ihr: «Du schaffst das schon! Jiderra hätte dich sonst nicht ausgewählt!»

Immer noch erstaunt und doch müde von diesem schönen Tag, schläft Laki auf Atoshs Rücken ein.

Im Schlaf kommt der grosse goldene König auf Besuch. Er trägt einen wunderschönen blauen Königsumhang, der seinen Rücken ziert und bis zu seinen Fersen reicht. Er lächelt sie an. Laki erzählt ihm, was sie in letzter Zeit erlebt hat, und er hört ihr wie gewohnt einfach zu. Dann will sie seine Meinung zum Thema «Anführerin» hören. Er lächelt sie an, nimmt sie in seine Arme und legt den blauen Umhang um sie. Sie sinkt in diese Umarmung hinein und spürt, wie sie mit dem grossen goldenen König verschmilzt. Sie sind eine Einheit, es gibt keine Grenze mehr zwischen ihnen. Sie fühlt, wie eine Kraft an ihrer Wirbelsäule entlang hochfährt und sie innerlich wächst. Auch ihr weisser Stab, den sie von den Delfinen erhalten hat, wird grösser. In ihrem Becken bildet sich ein innerer Diamant, strahlend schön, der sie aufrecht und stark macht.

Dann spricht der goldene König zu ihr: «Du hast alles in dir und wir, aus der anderen Welt, sind für dich da. Wenn du die Aufgabe erhalten hast, die Walnation zum grossen Gesang zu führen, bist du genau die richtige Person. Weder zu klein noch zu jung. Du hast die Kraft und die Weisheit, sie dorthin zu führen. Du bist verbunden mit uns – immer.»

20
Zusammenkunft

«Freundschaft, das ist eine Seele in zwei Körpern.»

Aristoteles

Gemeinsam in die gleiche Richtung
oder einsam an der Spitze?

Angeschmiegt an Atoshs Rückenflosse erwacht Laki aus ihrem letzten Traum. Sie streckt sich und reibt sich ihre verschlafenen Augen. Sie fühlt sich verbunden mit ihrem Blauwalfreund und erzählt ihm, was sie in der letzten Nacht geträumt hat. Atosh hört ihr aufmerksam zu und bestätigt ihr, dass die ganze Walnation ihr folgen wird, um an den Ort zu gelangen, wo der grosse Gesang herkommt. Sie vertrauen Laki und wissen, dass sie von ihrem Herzen geleitet wird.

Da sie noch nicht weiss, wie sie die sanfte Flotte der Riesen an diesen Ort führen kann, nimmt sie mit ihrem weissen Stab Kontakt auf. Weist dieser ihr den Weg? Hilft er ihr? Sie umfasst ihn mit beiden Händen, schliesst ihre Augen und wünscht sich von Herzen, dass dieser Stab mit Lichtkraft ihr den Weg zeigt. In ihrem Innern sieht sie ein grünes Feld und Nick, der ihr vom Schulhausbaum aus zuzwinkert. Er pfeift ihr eine geheime Melodie zu. Sie erkennt diese und weiss sofort, dass der grosse Gesang vom Pausenplatz ihrer Schule kommt. Sie freut sich und pfeift eine andere geheime Melodie zu Nick zurück. Sie hofft, dass er diese hört und ihr antwortet.

Nick ist mit seinen Mitschülern unterwegs, um den Hinkelstein zu finden, der ans Fussballfeld gestellt werden muss. Am nahen Berg haben sie keinen gefunden, jetzt sind sie im Wald und rennen umher. Nick klettert auf einen Baum und da oben empfängt er das geheime Pfeifzeichen von Laki. Wow, er sieht innerlich, wo sie sich befindet und dass sie mit der gesamten Walnation auf dem Weg zu ihnen ist. Er pfeift eine andere Melodie in den Wind und teilt ihr mit, wo sie den grossen Stein, «Das Portal in die andere Wirklichkeit», hinstellen werden, sobald sie diesen gefunden haben. Dort werden sie alle durchschlüpfen können und auf der anderen Seite – beim Fussballfeld – auftauchen.

Laki empfängt Nicks Melodie. Sie ist überglücklich, dass er ihr gezeigt hat, wie sie in die andere Wirklichkeit kommen. Sie pfeift zurück, um ihm zu bestätigen, dass sie ihn verstanden hat. Sie erinnert sich an ihr gemeinsames Erlebnis beim Stein in der Tiefe der Meere, Nani Pohaku. Da, wo alle Seelen verewigt sind. Jetzt werden ihre Meeresfreunde den Stein kennenlernen, der zwei Welten verbindet. Den Stein, der nur zu diesem Zweck jetzt gerade von vielen offenen Herzenswesen gesucht wird.

Voller Freude klettert Laki auf Atoshs Rücken hoch zu seinem rechten Ohr. Sie pfeift hinein und beginnt zu lachen. Dann erzählt sie ihm, was sie gerade von Nick erfahren hat. Er freut sich mit ihr und teilt ihre

Neuigkeiten mit einem Lied allen anderen von der Walnation mit.

«In the ocean of love,
we find each other again and again and again,
we are one in the ocean of love.»

Eine wunderschöne Melodie erklingt mit diesen Worten. Laki hört zu und beginnt nach einer Weile mitzusummen. Während sie gemeinsam tönen, kommen alle Wale und Delfine näher zu ihnen. Es sieht aus, wie eine riesige Kugel. Laki auf Atoshs Rücken in der Mitte und alle Wale um sie herum. Die Delfine im äussersten Kreis, freudig hüpfend und in den Wellen surfend. Laki fühlt sich unendlich geborgen und glücklich und nimmt einen kraftvollen Strom von Liebe in ihrem ganzen Körper wahr. Dieser Strom leitet sie auf dem Weg zum «Portal in die andere Wirklichkeit». Ihr weisser Stab beginnt zu leuchten und alle Farben des Regenbogens wechseln sich ab. Sie hält den Stab vor ihrem Herzen und dieser erzeugt einen farbigen Unterwasserstrahl, dem sie alle folgen. Langsam kommen sie aus der Tiefe des Meeres näher an die Wasseroberfläche. Es wird heller und heller und der grosse Gesang wird lauter.

Die Kinder sind im nahen Wald fündig geworden. Alle haben mitgeholfen. Gemeinsam wurden sie auf Tierspuren am Boden aufmerksam, die sie noch nie gesehen hatten. Weil die so einzigartig waren, sind sie diesen gefolgt, immer tiefer in den Wald, bis sie zu einer Höhle gekommen sind. Dort sind die Mutigsten reingegangen und haben laut gerufen, dass sie einen grossen

Hinkelstein gesehen haben und jetzt Hilfe brauchen, diesen aufs Fussballfeld runterzutragen.

Ein Knabe, der auf dem nahen Bauernhof zu Hause ist, erzählt, dass sein Vater einen Traktor hat. Er geht fröhlich pfeifend runter zum Hof und hofft, seinen Vater mit seiner Geschichte so neugierig zu machen, dass er ihnen hilft. Und es klappt. Etwas später kommen die beiden auf dem Traktor zurück. Sie gehen in die Höhle hinein, binden ein starkes Seil um den Stein und schleifen ihn danach mit dem Traktor aus der Höhle raus. Alle freuen sich. Gemeinsam bringen sie den Stein zum Fussballfeld und stellen ihn dorthin, wo Nick ihn im Traum gesehen hat – in die linke, obere Ecke.

Am nächsten Tag in der Schule sind die Kinder, die dabei waren, fröhlich aufgeregt. Sie treffen sich in der Pause auf dem Fussballfeld und pfeifen die Melodie. Nick steht vor dem grossen Stein und reibt an der Oberfläche, so als ob er einen Spiegel putzen möchte. Von der Pfeifmelodie angezogen, stellen sich viele Kinder und auch ein paar der Lehrer um das Fussballfeld auf. Sie schauen erstaunt zum grossen Stein und fragen sich, wie der wohl dahin gekommen ist. Dann ertönt ein lauter Pfiff aus Nicks Mund.

Laki und die gesamte Walnation folgen dem farbigen Unterwasserstrahl noch immer. Die ersten Wale und Delfine sind schon oben und haben tief eingeatmet. Sie haben einen kräftigen Regenbogen gesehen und Laki weiss, dass dies die Brücke zum Portal in die andere Wirklichkeit ist. Atosh ist nun auch mit ihr an der Wasseroberfläche und sie hört einen lauten Pfiff. Sie setzt einen Fuss auf den Regenbogen, der direkt vor ihr das Wasser berührt. Alles um sie herum wird farbig. Sie schaut zurück und pfeift freudig zu ihren Meeresfreunden. Dann sagt sie: «Das ist der Weg zum Portal in die andere Wirklichkeit. Kommt, folgt mir auf dem Regenbogen. Auf der anderen Seite tretet ihr ein, durch den Stein, in die andere Welt. Seid ihr bereit?»

Die Delfine quietschen, die Wale singen und Laki läuft pfeifend auf dem Regenbogen weiter, gefolgt von ihren Meeresfreunden. Auf der anderen Seite sieht sie den grossen Stein, klopft an und läuft durch ihn hindurch. Sie kommt auf dem Fussballfeld an und macht als Erstes einen Purzelbaum. Hinter ihr her kommt Atosh und dann alle anderen Wale und Delfine. Sie fliegen über Laki drüber und schwimmen im Blau des Himmels über alle Schüler, Lehrer und Eltern, die am Fussballfeld stehen, hinweg. Alle staunen, die Kinder sind freudig erregt und beginnen zu lachen und herumzuhüpfen. Die Erwachsenen sind sprachlos – und schauen mit grossen Augen den fliegenden Walen und Delfinen zu.

Nick rennt zu Laki und macht mit ihr Purzelbäume auf der grünen Wiese. Sie machen eine ganze Runde und hören erst auf, als es ihnen schwindlig wird und sie nicht mehr stehen können. Sie umarmen sich und flüstern sich gegenseitig in die Ohren.

Danach stehen sie auf und treten in die Mitte des Fussballfeldes. Während die Wale und Delfine über ihnen im blauen Himmel umherschwimmen und -fliegen, beginnen sie laut und fröhlich zu pfeifen. Die Menschenmenge wird einen Moment ruhig. Danach setzt der Klangteppich aller Kinder, die die Melodie pfeifen können, ein. Die anderen Kinder und Erwachsenen schauen abwechselnd staunend nach oben zu den fliegenden Meereslebewesen und aufs Fussballfeld. Nach einer Weile des Pfeifens, beginnt Laki zu reden: «Danke, danke, danke – allen Kindern, die gemeinsam mit Nick dieses Wunder ermöglicht haben. Das Portal der Freiheit und das Portal in die andere Wirklichkeit ist offen. Dank euren reinen, liebenden Herzen. Ab heute ist es allen möglich, in beiden Welten zu Hause zu sein und sich gegenseitig zu unterstützen. Meine Meeresfreunde sind auch deine Freunde. Sie brauchen unsere Hilfe und wir brauchen ihre. Ich habe auf meinen Abenteuerreisen mit Atosh sehr viel gelernt. Er hat mir fast jede Frage beantwortet, dass ich nur Staunen konnte und eigentlich selber entdeckt und erfahren habe, was meine Antwort darauf ist. Und wir können ihnen helfen, indem wir uns für saubere Gewässer einsetzen, weniger Abfall produzieren und unserer Natur mit viel Achtsamkeit und Respekt begegnen. Jeder Einzelne ist wichtig, jeder kann die Veränderung bewirken, die wir unbedingt brauchen. Es gibt noch genug zu tun. Die Hohonos, ein Volk mit grosser Zerstörungskraft, sind noch immer aktiv. Wir alle können helfen, sie umzustimmen. Das Volk der Akameis bringt Frieden. Sie brauchen eure Hilfe. Nur gemeinsam können wir die Kraft der Regeneration aktivieren. Das ist möglich!»

Alle beginnen zu klatschen und zu jubeln. Atosh fliegt zu Laki und sie setzt sich auf seinen Rücken. Dann beginnt er zu reden. Alle verstehen seine Sprache. Staunende Gesichter schauen zu ihm hoch. Seine Botschaft ist einfach. Gemeinsam sind wir stark, gemeinsam können wir alles erreichen. Anstatt einsam an der Spitze zu kämpfen, können wir es gemeinsam über die Ziellinie schaffen. Ja, wir brauchen einander, um den Planeten

Erde zu regenerieren und ihn wieder zu einem gesunden Ort für alle zu machen.

21
Tempel der Heiligtümer

«Ein Tropfen Liebe ist mehr als ein Ozean Verstand.»

Blaise Pascal

Gehört die Liebe in den Tempel der Heiligtümer oder in den Alltag?

Mit vereinten Kräften haben es Nick und alle mithelfenden Kinder geschafft, Laki wieder in diese Welt zurückzubringen. Gleichzeitig haben sie aufgezeigt, dass es möglich ist, in andere Welten einzutauchen. Nick und Laki wurden seit diesem Tag mit ihren phantastischen Geschichten ernst genommen. Und nicht nur das: Vor allem die Erwachsenen konnten sich mehr und mehr für neue Ideen und ihre eigene Phantasie öffnen. Der Hinkelstein am Fussballfeld lud die Menschen weiterhin ein, sich mit ihrem Herzen zu verbinden und zu lauschen, was sie für die Meeresbewohner/innen tun können. Die gesamte Walnation hat sich sehr darüber gefreut und sich bei allen Kindern bedankt.

An einem schönen Sommertag ist Atosh zu ihnen aufs Fussballfeld gekommen und hat Laki und Nick eingeladen, den Tempel der Heiligtümer zu besuchen. Die Beiden überlegten nicht lange, hüpften auf den Rücken und tauchten mit ihm ab.

Ein neues Abenteuer.

Auf dem Weg zum Tempel beginnt Atosh zu erzählen, wie sie dorthin kommen.

«Laki, du bist mir überallhin gefolgt und hast gemeinsam mit Nick viele Abenteuer erlebt. Nun kommen einige Zeichen, die euch zum Tempel der Heiligtümer führen werden. Bereit?», fragt Atosh und schaut sie mit seinem rechten Auge lange an.

Nick und Laki fassen sich an den Händen. Sie fühlen ein Kribbeln durch ihren Körper ziehen und wissen sofort, dass sie bereit sind. Ja! Sie freuen sich auf ein nächstes Abenteuer mit ihrem grossen Blauwalfreund.

Er fährt fort: «Nun, wenn ihr zum Tempel der Heiligtümer gelangen wollt, müsst ihr den Sternenhimmel genau beobachten. Zu einer bestimmten Zeit zeigen der Mond und ein ganz heller Stern eine gerade Linie. Dort, wo diese Linie aufs Meer trifft, findet ihr das Portal zum Tempel der Heiligtümer in der Tiefe des Meeres. Wenn ihr durch dieses Portal schreitet, werdet ihr von den magischen Kräften der Urquelle in den Tempel gebracht. Dies geschieht in einer sehr schnellen Spiralbewegung und es ist wichtig, dass ihr euch dieser Bewegung einfach hingebt. Ihr werdet sozusagen reingesogen. Ich werde dabei sein und euch begleiten. Nur kann ich euch den Ort nicht verraten. Wir Akameis wissen, dass diejenigen, die zu unserem Volk dazukommen, den Weg zum Tempel der Heiligtümer selber finden werden, da sie von ihrem reinen Herzen und ihrem sehr guten Gehör geleitet werden. In der Mutprobe haben wir deine volle Kraft getestet, Laki, und du, Nick, hast uns gezeigt, wie du mit deiner Kreativität, den Hinkelstein gefunden hast. Dies ist jetzt ein letzter Test für euch beide. Ich höre euch zu und folge euch. Ihr dürft mir auch weitere Fragen stellen. Ich beantworte nur jene, die nichts mit dem Weg zum Tempel zu tun haben. Das ist die Abmachung, ok?»

Laki und Nick schauen einander an, die Mundwinkel gehen nach oben und ihre Augen leuchten. «Ja, alles klar», sagen die beiden gleichzeitig, zuerst zueinander und danach in Atoshs Blasloch hinein. Sie freuen sich auf diesen letzten Test.

Laki hat die Idee, alle ihre Aweikus einzuladen. Sie erzählt Nick davon und er findet es toll.

«Komm, lass uns dein rotes Gummiboot holen und dort packen wir Reiseproviant ein und laden deine Aweikus ein», ruft Nick freudig zu Laki.

«Und meine roten Gummistiefel nehme ich auch mit! Atosh, bring uns nochmals an Land, damit wir alles holen können.»

Mit einem Seil befestigen sie ihr Gummiboot an Atoshs Schwanzflosse, krabbeln über seinen riesigen Rücken zum Kopf und Laki flüstert ihm ein herzliches Danke ins Ohr. Dann fragt sie Atosh: «Warum hast du das gute Gehör angesprochen? Das Zeichen, um zum Tempel der Heiligtümer zu gelangen, liegt im Sternenhimmel, oder?»

Atosh öffnet seinen Mund und es sieht so aus, als ob er ihr ein Riesenlächeln schenkt. Zufrieden sagt er: «Ja, du hast genau zugehört, was ich gesagt habe. Das sichtbare Zeichen für die Augen liegt im Sternenhimmel und die unsichtbaren wirst du hören. Zum Beispiel in speziellen Melodien, Gesängen, Geräuschen. Für all diese unsichtbaren Zeichen brauchst du ein gutes Gehör. Lausche genau und lass dich von deinem reinen Herzen weiterführen. Dein Herz kennt die hörbaren Zeichen und wird dir den Weg zeigen. Ein Wal unserer Familie singt einen speziellen Gesang in einer Frequenz, die niemand von uns sonst singt. Wir kennen ihn als den «lonely whale 52». Er singt zu allen verletzten, einsamen Seelen, damit sich diese an ihr Licht, an ihre Reinheit und an die Einheit von allem erinnern. Er ist ein Hybridwal und trägt drei verschiedene Arten in sich: Blauwal, Finnwal und das Erbgut der Menschheit. Er schwimmt durch verschiedene Dimensionen und Elemente. So kann er dich im Wasser, im Wind, in den Pflanzen, in den Wolken, in den Steinen, in deinen Träumen oder in deinen Phantasien besuchen kommen. Seine Zeichen zu hören, braucht deine achtsame Aufmerksamkeit und all deine Sinne und davon hast du glücklicherweise viele!»

Laki lächelt Atosh an und schmiegt dann ihre Wangen an ihn. Sie liebt ihren riesigen Blauwalfreund, der so viel Weisheit in sich trägt. Sie beginnt zu summen und teilt ihre Vibration mit Atosh. Dieser geniesst die sanfte und zarte Bewegung und lauscht ihrem Summen.

Danach kommt die nächste Frage von Laki: «Was meinst du mit *vielen* Sinnen? Ich kenne fünf Sinne: sehen, hören, fühlen, schmecken und riechen. Gibt's denn noch mehr?»

«Ja, viele mehr. Je nachdem, wie du die Sinne verstehst. Der Gleichgewichtssinn, der Bewegungssinn, der Wärmesinn, der Empathiesinn, Lebens- oder Vitalsinn, der soziale Sinn oder der Gedankensinn.»

«Ja, ich verstehe zwar nicht alle, aber ich nehme wahr, dass wir reich mit Sinnen ausgestattet sind. Toll! Wenn du ein Wort sagst, Atosh, sehe ich fast immer einen kleinen Film in meinen Gedanken, der mir klar zeigt, was du mit deinen Worten meinst. Echt cool! Das

Gleiche passiert mir, wenn ich in deine Augen schaue. Da sehe ich einen Film von dem, was du sagst. Ich könnte auch nur diesen anschauen und würde genau verstehen, was du mir sagen willst, ohne auf deine Worte zu hören. Ich sehe in deinen Augen, was du mir erzählst. So ein Geschenk, danke dir, liebster Atosh!»

Nick hat die Unterhaltung mitbekommen und auch in Atoshs Augen geschaut. Er hat jedoch nichts ausser ein grosses Auge gesehen. Darum fragt er nach: «Wie ist das, Laki? Du siehst einen Film in den Augen des Blauwals?»

«Ja, genau. Ich weiss auch nicht, wie das funktioniert, aber wenn ich in Atoshs Augen schaue, sehe ich, was er mir sagt.»

Langsam wird es dunkel. Nick macht ein Zeichen, dass er sich ins Gummiboot legen will, und Atosh taucht auf. Er steigt von seinem Rücken runter und lädt Laki ein, mit ihm die schöne Abendstimmung auf dem Meer zu bestaunen, wenn die Nacht den Tag ablöst und sich die Sterne klarer zeigen. Er liebt diesen Übergang. Am Boden des Gummibootes ist es angenehm weich und sie liegen Arm an Arm eng beieinander. Ihre Augen gucken in die Sterne und sie erzählen sich, was sie alles sehen. Magische Stimmung.

Plötzlich sagt Nick: «Hey, hast du diese Sternschnuppe gesehen?»

Laki hat grad in die andere Richtung geschaut und war zu spät, um diese zu sehen. Sie erinnert sich jedoch an das, was Atosh ihnen gesagt hat.

«Zu einer bestimmten Zeit zeigen der Mond und ein ganz heller Stern eine gerade Linie. Dort wo diese Linie

aufs Meer trifft, findet ihr das Portal zum Tempel der Heiligtümer in der Tiefe des Meeres.»

Sie hat einen hellen Stern gesehen, jedoch noch nicht den Mond. Sie fragt Nick: «Erinnerst du dich auch, was uns Atosh gesagt hat? Mit dem Stern und dem Mond? Wenn wir diese Linie finden, wissen wir, in welche Richtung wir weiterreisen müssen. Oder genauer gesagt, in welche Richtung uns Atosh weitertragen soll.»

Nick erinnert sich. Er schaut in den Sternenhimmel und summt. Danach zeigt er in die Richtung, wo er den Mond aufgehen sieht. Liegend im Gummiboot, nur das Summen von Nick ist zu hören, suchen ihre Augen den hellen Stern, der gemeinsam mit dem Mond eine Linie bildet. Und eine gefühlte Ewigkeit später sehen sie sie. Fasziniert schauen sie sich an. Genau wie es Atosh gesagt hat. Sie merken sich die Richtung und schlafen danach glücklich ein. Am nächsten Morgen hüpft Nick als Erstes in das erfrischende Salzwasser und spritzt Laki wach. Sie lacht und es gefällt ihr, wie er sie geweckt hat. Sie nimmt dies als Einladung an und hüpft auch ins Wasser und dort beginnen sie Wasserspiele zu machen. Rumspritzen, lachen, abtauchen und schwimmen. Sie freuen sich und schauen hinunter in die Tiefe, um Atosh auch einzuladen und ihm zu erzählen, dass sie die Linie von Mond und Stern gefunden haben. Sie singen zu ihm und da sehen sie eine wunderschöne blaue Farbe. Aus diesem Blau taucht er auf und nimmt sie auf seinen Rücken.

«Ja, was habt ihr erlebt? Hat der Sternenhimmel zu euch gesprochen?», fragt er sie.

«Ja, Atosh, wir haben die Linie gesehen und wir

müssen in diese Richtung weiter», antwortet Nick und zeigt mit seiner rechten Hand, wohin die Reise weitergeht, zum Tempel der Heiligtümer. Ein riesiger Blas an der Wasseroberfläche ist Atosh's Zeichen, dass er bereit ist.

Schnell machen sie ihr Gummiboot startklar und tauchen ab, um den Tempel zu suchen. Den ganzen Tag sind sie unterwegs, kommen an verschiedenen Meereslandschaften vorbei und sehen Schönheit und Zerstörung. Freude und Trauer – immer wieder so nah beieinander. Für Laki und Nick ein Grund mehr, sich komplett für die positive Wende einzusetzen und mit den Akameis gemeinsam weitere Pläne zu schmieden, wie sie das erreichen können.

Laki wird müde und etwas ungeduldig und fragt darum Atosh: «Ist es noch weit bis zum Tempel der Heiligtümer? Wir sind schon zwei Tage unterwegs und haben noch nichts gesehen, das wie dieser spezielle Ort aussieht.»

«Ihr habt das Zeichen im Sternenhimmel gefunden, jetzt ist euer gutes Gehör gefragt. Folge dem Lied des «lonely whale 52».

Er führt euch mit seinem Gesang zum Eingang des Tempels. Und was ist mit deinem weissen Stab? Hast du mit reinem Herzen gefragt, ob er dir helfen kann? Was haben dir die Delfine damals gesagt, als sie ihn dir gegeben haben?»

«Du hast den weissen Stab mit deinem reinen Herzen benutzt. Jetzt gehört er ganz zu dir. Du hast ihn zu deinem Eigentum gemacht. Er hat deine spezielle Herzlichtkraft, die durch deinen Einsatz bei jedem Lebewesen

einen Funken im Herzen entzündet, der nie wieder er-
lischt. Diese Lichtkraft zeigt dir auch den Weg zum Tem-
pel der Heiligtümer.»

Stimmt, Laki und Nick waren zu sehr mit Schauen beschäftigt, dass sie nicht mehr ans Hören gedacht hatten und Laki hat ihren weissen Stab völlig vergessen.

«Danke, Atosh, jetzt hast du uns zwei wertvolle Tipps gegeben. Die helfen uns morgen weiter. Lass uns ausruhen und die Nacht im Gummiboot unter dem Sternenhimmel verbringen», sagt Laki zu Atosh und er taucht mit den beiden an die Wasseroberfläche auf. Dort warten die Aweikus auf sie mit einem leckeren Essen. Nick staunt und freut sich auf das liebevoll angerichtete Essen. Mmh!

Laki umarmt ihre Aweikus, die Menehunes und den grossen goldenen König. Sie alle geniessen ihre herzliche Umarmung und flüstern ihr zu, dass auch sie dabei sind, um ihr zu helfen. Sie fühlt sich reich beschenkt und setzt sich neben Nick ins Boot und beginnt mit ihm zu essen. Er hat mit seinen Augen das reichhaltige Buffet auf dem Gummibootrand schon fast verschlungen, hat aber auf Laki gewartet, um gemeinsam zu essen.

«Wow, so viele leckere Sachen. Wie haben deine Aweikus das gemacht?», fragt Nick.

«Ich weiss es nicht genau. Sie haben irgendwie Zauberkräfte. Ich denke an sie und schwupps tauchen sie auf und beschenken mich, mit genau dem, was ich dann brauche. Genial, oder?», antwortet sie ihm.

«Ja, solche Freunde hätte ich auch gerne», sagt Nick lachend und beginnt genussvoll zu essen.

Gut genährt und glücklich über diese Überraschung legen sich die beiden nach dem Abendessen auf den Gummibootboden. Sie halten sich ihre vollen Bäuche und schauen in den Sternenhimmel hoch. Ihre Augen suchen den hellen Stern und den Mond. Heute sind sie schneller, da der Mond schon fast voll ist. Die Linie ist auch besser sichtbar. Sie merken sich die Richtung. Sie sind müde und kurz vor dem Einschlafen. Lakis Augen sind schon zugefallen und Nick schaut noch einen Moment in die Sterne. Er liebt dieses Sternenzelt. Dann hören sie einen seltsamen Gesang.

«Laki, schläfst du schon? Hast du auch was gehört?», fragt Nick in die dunkle Nacht hinein. Sie nickt und lässt diesen Gesang mit geschlossenen Augen auf sich wirken. Ihre Herzregion wird warm und Nick sieht, wie Laki zu leuchten beginnt.

«Wow, was ist das?», ruft er und Laki macht die Augen auf. Jetzt sieht sie es auch. Ein helles Licht geht von ihrem Herzen aus und erhellt die Dunkelheit. Laki setzt sich im Boot auf und das Licht wird zu einem Lichtstrahl, der übers Meer in die Ferne zeigt. Genau dorthin, wo der Mond und der Stern eine gerade Linie bilden. Der komische Gesang kommt auch aus dieser Richtung. Sie schauen beide fasziniert hin und da sehen sie ihn, den «lonely whale 52». Er springt aus dem Wasser über den Lichtstrahl und singt dabei weiter. Ein grosses Spritzgeräusch und sein Atemgeräusch begleiten den Gesang. Wow!

Laki und Nick schauen wie erstarrt zu. Dieses Spektakel zieht sie magisch in ihren Bann. Noch nie haben sie so etwas gehört oder gesehen. Wow, sie sind fasziniert von dieser Melodie und dem Schauspiel auf der Oberfläche des Ozeans. Sie wissen beide, dass dies das zweite

Zeichen ist, das ihnen den Weg zum Tempel zeigt. Nick umarmt Laki und sein Herz beginnt zu strahlen und verstärkt den Lichtstrahl auf der Wasseroberfläche. Danach sinken sie herzumschlungen ins Gummiboot und schlafen geborgen und verzaubert ein.

Am nächsten Morgen warten alle Aweikus im Wasser auf die beiden. Sie spielen und freuen sich am neuen Tag. Der treue grosse goldene König hüpft ins Boot und kitzelt Laki. Sie lacht und gibt ihm einen Kuss auf seine Nase. Sie versteht sein Zeichen. Nick hüpft zu den Aweikus ins Wasser und spielt freudig mit ihnen. Danach singen alle zusammen ein Lied, um Atosh anzulocken. Er ist in der Tiefe unter ihnen und hat alles mitbekommen. Natürlich freut er sich über den singenden Empfang. Er schwimmt zu ihnen hoch, hört sich die Erlebnisse der letzten Nacht an und ist begeistert, dass die beiden ihm den Weg zeigen. Die Reise geht weiter. Nick zeigt wiederum die Richtung an, in die Atosh schwimmen soll. Laki setzt sich vorne auf Atoshs Nase und nimmt ihren weissen Stab in die Hand. Sie hat ihn kurz vor dem Einschlafen gebeten, ihr in der Tiefe der Meere mit seinem Licht den Weg zu zeigen. Sie weiss, dass seine magische Lichtkraft sie in der Dunkelheit führen und ans Ziel bringen wird.

Atosh schwimmt heute etwas schneller als sonst. Er nimmt die freudige Vibration von Laki und Nick wahr. Sie wissen, dass sie heute in den Tempel der Heiligtümer eintreten werden und so zu einem vollen Mitglied der Akameis werden. Der weisse Stab zeigt mit seinem Licht den Weg. Wie eine Unterwasserstrasse sieht es aus – so hell erleuchtet. Dieses Mal lassen sich Laki und Nick vermehrt von ihrem Gehör leiten.

Der «lonely whale 52» singt schon seit sie am Morgen losgegangen sind, und sie folgen seinem Gesang. Am späten Nachmittag entdeckt Laki am Ende der Unterwasserstrasse etwas Goldiges. Was ist das nur? Es leuchtet immer stärker, je näher sie kommen. In ihrem Herzen beginnt es warm zu werden und sie weiss intuitiv, dass sie dem Tempel näherkommen.

«Atosh, ist das Goldige da hinten der Tempel?», fragt sie interessiert.

«Ja, ihr habt euer Ziel bald erreicht. Weisst du noch, wie ihr hineinkommt?», antwortet ihr Atosh.

«Ja, wir werden reingesogen, oder?», sagt Laki lachend.

«Genau, die magischen Kräfte der Urquelle werden euch in einer Spiralbewegung in den Tempel hineinbringen. Also einfach geschehen lassen. Ok? Ich werde erst später reinkommen. Ihr seht dann schon warum», sagt Atosh mit geheimnisvoller Stimme.

Laki zwinkert ihrem Walfreund zu und danach macht sie ein Pfeifzeichen zu Nick. Er war auf der Schwanzflosse und klettert jetzt über den Rücken hoch zu Laki, die immer noch auf Atoshs Nase sitzt.

«Bist du bereit?», fragt sie Nick.

Er zwinkert ihr zu und sagt: «Ja, ich bin bereit.» Kaum hat er seinen Satz beendet, spüren sie einen starken Sog. So wie eine starke Meeresströmung.

«Ist es das schon, Atosh?», ruft Laki und er zeigt ihr, dass sie jetzt selber weiter gehen müssen. Sanft lässt er die beiden von seiner Nase runter in den grossen Sog. Weiter hinten sehen sie etwas Braunes, das wie eine Tür aussieht. Darauf bewegen sie sich zu – immer schneller und schneller. Sie werden herumgewirbelt und sehen nichts mehr. Es wird dunkel und sie hören helle Geräusche. Dann hört der Sog auf und es wird ganz still. Laki und Nick können ihre Augen wieder öffnen und sehen einen Ort, so schön, wie sie es noch nie gesehen haben. Wunderschöne Formen, Kreaturen und Farben sind zu sehen. Alles scheint ihnen zuzulächeln.

In einer Halle ist ein grosser Schriftzug aufgehängt:

«Herzlich willkommen, Laki und Nick,
wir freuen uns, dass ihr zu uns gefunden habt.
Gemeinsam sind wir stark!»

Sie freuen sich riesig und sehen weiter hinten im Tempel eine grosse Halle mit roten Stühlen aus Samt. Ein freundliches Fabelwesen, das die beiden noch nie gesehen haben, führt sie in diese Halle. Näher dran entdecken Laki und Nick, dass alle Stühle mit zwei Namen angeschrieben sind. Laki sieht ihren Namen und «Noho» – Laki Noho. Ihre Augen leuchten und das Fabelwesen lädt sie ein, sich auf ihren Stuhl zu setzen. Nun sieht auch der völlig faszinierte Nick seinen Namen – Nick Lele – und er setzt sich rechts neben Laki Noho hin. Beide kommen aus dem Staunen gar nicht mehr heraus. Das Fabelwesen fliegt über sie hinweg und öffnet auf ihrer linken Seite ein anderes Portal. Atosh schwimmt hindurch und lächelt sein riesiges Blauwallächeln. Hinter ihm folgen alle Akameis. Das ganze Volk hat sich zusammengetan, um die beiden neuen Mitglieder zu begrüssen. Ein grosses Fest beginnt. Gesang ertönt und farbige Ballone fliegen im ganzen Tempel herum. Fast wie auf einem Kindergeburtstag. Dankbar lassen sich Laki Noho und Nick Lele feiern.

22
Im Herzen unterwegs

*«Mancher findet sein Herz nicht eher,
als bis er seinen Kopf verliert.»*

Friedrich Nietzsche

Gibt es eine Schule des Herzens?

Die herzliche Begrüssungsfeier für Laki Noho und
Nick Lele hat eine gefühlte Ewigkeit gedauert. Ganz am
Ende des Festes hat das Fabelwesen ihnen beiden ge-
dankt und Nick Lele einen anderen weissen Stab über-
reicht. Mit leuchtenden Augen hat er diesen entgegenge-
nommen und sich vor dem Fabelwesen verneigt. Danach
ist Atosh herbeigeschwommen, hat sie auf seinen Rücken genommen und ist mit den Worten: «Ihr wisst ja,
wie ihr diesen Stab benutzt!» zurück in die Weite des
Ozeans geschwommen.

Laki Noho und Nick Lele sind nun Mitglieder der
Akameis. Der zweite Name verrät dies und alle Akameis
erkennen sie daran. Es ist wie ein Familienname. Auch
am weissen Stab und am reinen Herzen erkennen sich
alle Mitglieder der Akameis. Laki Noho und Nick Lele
sind stolz und freuen sich, mitwirken zu dürfen. Mitwirken, dass die Schönheit der Natur mit all ihren Lebewesen erhalten bleibt. Mitwirken, dass alle verletzten

Seelen Heilung finden und den Weg zu den Akameis finden. Mitwirken, die reine Herzensenergie auf dem ganzen Planeten zu verteilen. Mitwirken, alle Gewässer wieder in befreite, tier- und farbenreiche Orte zu verwandeln. Mitwirken, den Frieden auf Erden, zwischen allen Kulturen und Rassen, zu bringen.

Die beiden Kinder sind durch ihre gemeinsamen Abenteuer so tief im Herzen miteinander verbunden, dass sie ihre Schwingungen über weite Distanzen wahrnehmen können. Sie gehen mit ihren weissen Stäben überall dorthin, wo die Frequenz tief ist und Hilfe gebraucht wird. Mit ihren reinen Herzen und der magischen Kraft der weissen Lichtstäbe verzaubern sie so viele Herzen, dass das Volk der Akameis schnell wächst. Fast täglich feiern sie im Tempel der Heiligtümer neue Mitglieder. Sie alle helfen mit, weitere Lebewesen ins Herzen zu begleiten und der Erde zu helfen, sich zu erholen. Laki Noho und Nick Lele fliegen ab und zu mit Atosh ins Sternenmeer und sehen von dort oben, wie die Erdkugel mehr und mehr leuchtet. Ihre Strahlkraft nimmt zu. Da, wo vorher dunkle Flecken zu sehen waren, leuchtet die Erde in Farben auf, sodass Laki Noho Tränen der Berührung vergiesst.

Auch in die Tiefe der Meere reisen sie gemeinsam mit Atosh. Er zeigt ihnen all die Orte, die zuvor grau und unbelebt, vermüllt oder vergiftet waren. Sie sind neu belebt, weil auch dort das Licht, die Heilung, die Regeneration angekommen sind. Wunderbar farbige Kreaturen beleben die Tiefsee und sie strahlen aus ihren Augen und aus ihren Herzen heraus.

Laki Noho und Nick Lele sind mit allen Herzenswesen verbunden und tief glücklich über ihre Mission:

Gemeinsam im Herzen unterwegs zu sein und mitzuhelfen, den Planeten Erde als Lebensraum für die kom-
menden Generationen lebendig, gesund und glücklich
zu erhalten.

Oder wie es Johann Wolfgang von Goethe einmal gesagt hat:

«Welch eine himmlische Empfindung ist es,
seinem Herzen zu folgen.»

Danke für das grosse Geschenk *Leben*.
Danke allen, die mich bis hierhin begleitet,
unterstützt, inspiriert und ermutigt haben.

Über die Autorin

Marlise La'a Kea Bühler ist 1972 in der Zentralschweiz in Luzern geboren und aufgewachsen. Seit ihrer Kindheit ist sie vom Meer und seinen Bewohnern fasziniert. Begegnungen mit Delfinen und Walen in der Weite der Meere haben sie auf ihren Reisen sehr berührt und inspiriert. Daraus sind Geschichten, Gedichte und Lieder entstanden.

Beruflich war sie viele Jahre als Primarlehrerin tätig und hat auch mit autistischen Kindern gearbeitet. Seit dem Jahr 2000 begleitet sie in ihrer Praxis in Luzern Menschen jeden Alters mit Kinesiologie, verschiedenen Körpertherapien, Reflexarbeit, Klangtherapie und Potentialentwicklung. Sie leitete mehrere Reisen nach Hawai'i und Ägypten, um ihre Liebe zu diesen Kulturen und die Faszination zum Meer mit anderen zu teilen.

Bisher erschienen von Marlise La'a Kea

Alle Veröffentlichungen sind inspiriert vom Meer, den Walen und Delfinen und ihren Reisen nach Hawai'i und Ägypten.

Bücher:
Tanz der Delfin – im Ozean der Liebe
  (Ismero Verlag, 2008), de, engl, fr
Saved by Aloha
  (self publishing mit epubli, 2015), engl
I almost died in Egypt when Aloha saved my life
  (self publishing Balboapress, 2016), engl

Hörbuch:
Saved by Aloha
  (mit Jas Marlin, Hawai'i, 2016), engl

CD:
Dolphin spirit songs
  (mit Jas Marlin, Hawai'i, 2010), de, engl, fr

Kartenset:
Botschaften der Delfine
  (2010, vergriffen), de, engl, fr